JN286071

氷のナース♥秘愛中

バーバラ片桐

◆ ◆ ◆ ◆ ◆ ◆ ◆ ◆ ◆ ◆ ◆ ◆ ◆

LAPIS
more

イラストレーション／桜川園子

目次

氷のナース♥秘愛中……7
あとがき……145

※本作品の内容はすべてフィクションです。

〔一〕

変わり果てた両親と対面したときのことを、槇《まき》はよく覚えている。中学に入ったばかりの頃だ。

ようやく渋滞を脱した夜の道路での出来事だった。

車はスピードを上げて、自宅へと向かっていた。家族での高原旅行は台風のために台無しで、外は暴風雨が吹き荒れていた。

一人っ子の槇は後部座席でじゃれ回り、父親にスピードをもっと上げろと駄々をこねた。見たいテレビ番組があったからだ。

それは、ほんの一瞬だった。

車はカーブを曲がりきれず、槇の身体は遠心力で車の隅に押しつけられた。

車は横転し、槇の視界もぐるりと回転して、頭をどこかにぶつけて意識が黒く塗りつぶされた。

ガードレールの外に車が飛び出して、道路脇の建物に衝突したのだ。そのことを、槇はずっと後にニュースで知った。

何も知らないまま、槇は病院のベッドで目覚め、治療を受けた。ぶつけた頭にはこぶが出来ただけで、奇跡的に他にケガはなかった。

両親の姿は見えない。

ナースや医師にたずねてみても、はぐらかされる。

そんな中で、中学生になったばかりの槙は背筋がそそけ立つような不安を覚えていた。

——怖い。

何かが起きているのだ。

途轍《とてつ》もなく恐ろしい事態が。

その恐怖が現実のものとなったのは、頭に包帯をまかれ、医師に手をひかれて病院の地下に案内されたときだった。

地下は殺風景でどこかカビくさく、嫌な匂《にお》いがした。槙は身体を強ばらせる。膝《ひざ》が震え、鼓動が乱れた。

——ここから早く逃げ出さなくてはいけない。

しかし、槙の目はこの恐怖の根本を確かめようと落ちつきなく動いていた。

霊安室で変わり果てた姿の両親と対面したとき、息をすることすら忘れた。

感情も思考力も身体も、すべてが凍りついたようだった。

呆然《ぼうぜん》と槙は、目の前の二体の遺体を見ていた。

これは、両親ではない。別の人だ。それくらい両親の姿は生前の面影を失っていた。それでも、パーツごとでもわかる。綺麗《きれい》にマニキュアを塗った母の指先。ずっと槙を撫《な》でてくれたその手の形。ひしゃげて血がべっとりとついた父の眼鏡。

自分の歯が、ガチガチと鳴っている音が遠く聞こえた。

底冷えのする寒さにどうしたら震えが止まるのかわからず、槙は自分で自分を抱きしめながら、後退する。

この世で独りぼっちになってしまった恐怖よりも、強くこみあげてきたのは、罪悪感だった。無意識のうちに歯を強く食いしばる。

――俺のせいだ。

早く帰りたいと、駄々をこねたから。

しかし、詫《わ》びようにも父は二度と口を開かない。色の変わった肌は硬く冷たそうで、生きている肉体とは別のものに変わってしまったことを強く感じさせた。

そんなとき、父との間に入って、優しくなだめてくれる母も、もう二度と目を開くことはない。形すら違ってしまったのだ。

やり場のない憤《いきどお》りがこみ上げてきた。

――どうして……！

槇にとって何より大切なものを、いきなり奪われたことに対する腸《はらわた》が灼《や》けるような強い怒りに目がくらむ。

父も母も大好きだった。悪いことをすると罰を受けるのだと母に教えられていたが、両親は何も悪いことをしていないはずだ。優しくて、にこにこしていて、近所の人から母のことを褒められるたびに、槇は誇らしい気分になれた。

なのに、どうして罪もない両親が死ななければいけないのか。

許せなかった。

その怒りを体内に抱え、槇は病院内をうろついた。じっとしていると胸の中に抱えこんだ真っ黒なものが全身に広がり、窒息してしまいそうだった。休みなく動き続けて、その闇《やみ》から目をそらさなくてはいられなかったのだ。

そのとき、けたたましいサイレンが鳴り響く。

槇は驚いて、そっちに顔を向けた。

救急車が入ってくる。スタッフがわっと救急口に詰めかけ、殺気だった様子でストレッチャーが下ろされ、患者が搬送されていく。

その光景に槇は魅了された。

生と死の狭間にある救急病棟。

血まみれの患者に声をかけて励ます医師やナースの姿が力強く思え、ようやくこの先の生き方を見いだした。

——医者になりたい。

一瞬のうちに、両親を奪った逆らいがたい運命のようなものに復讐《ふくしゅう》するには、それしかない。自分は決して、死の顎《あぎと》に大切な人を奪われはしない。

だから、がむしゃらに勉強したのだ。

しかし、世の中はそんなに甘くなかった。

医師になるためには金がいる。とんでもなく、莫大《ばくだい》な金がいる。交通遺児となり、遠い親戚《しんせき》に預けられて肩身が狭く暮らすこととなった槇には奨学金が支給されてはいたが、それだけでは到底医師になるには足りなかった。

金を貯めるためには、バイトをしなければならない。バイトをしていると、勉強する時間が取れない。

途中で、自分の力の限界に気づいた。

それでも、死から人々を救いたいと思った強い願いが捨てられるはずはない。そのひたむきな思いだけが、たった一人遺された槇を支えていたのだ。

だから、槇はナースになった。

純白の衣を身にまとい、ナースキャップをかぶった誇り高い天使に。戴冠式《たいかん》で自分の白衣姿を初めて鏡で見たとき、槇は鳥肌立つような使命感に震えた。

イメージとは裏腹に、ナースの勤務は過酷で割に合わないことが多いが、それでも槇は馬車馬のように不眠不休で働いた。

男性のナースの数は、女性に比べてそう多くはない。

漆黒の黒髪に、艶《つや》めかしい雪のような白い肌。氷のように凍てつき、微笑むことは滅多《めった》にない切れ長の双眸《そうぼう》。大人びた顔立ちに、痩《や》せぎすといってもいいほどの、華奢《きゃしゃ》な身体。

そんな槇の美貌《びぼう》と体つきは、背の高いスレンダーな女性とあまり区別がつかないようだった。

間違えられてしばしばからかわれるようなこともあったが、ほとんど仕事以外の言葉は耳を素通りした。

命がけの看護をしたかった。医師の力になりたかった。医師は自分の代わりに、死の顎から人々を救ってくれる人だ。槇に変わって、両親の無念を晴らしてくれる人だ。

だから、何でもする。力になりたい。その思いの卑屈さにすら気づかず、献身的に働いていた。

しかし、少しずつ現実との間にギャップが生まれていく。

医師は神様ではないのだ。

いい家に生まれ、恵まれた家庭で育った世間知らずの傲慢《ごうまん》なお坊ちゃまも多い。使命感もなく、ただ何となく社会的なステータスとして医者になったようなタイプの医師が、槇の勤務する屋敷《やしき》国際病院の救急病棟に配属されては、去っていった。

研修医としてやってきた石井《いしい》も、最初はそんな一人だと思った。

血まみれの患者を前にして、何もできずに呆然とストレッチャーの前に立ちすくんでいた石井を、ナースになって四年目の槇は怒鳴りつけたのだ。

「そこを退け！」

死ぬほどなりたかった医者は技術と経験がなければ、命ギリギリで渡り合う救急の現場で邪魔なだけの存在だった。

夜勤が明けた後の休憩室で、その石井という研修医が落ちこんだ様子で詫びてきたときにも、槇は氷のような無表情のままで、微笑みすら浮かべられずにいた。

「別に、……最初だから、それはそれでしょうがないでしょう」

くたくたで、喋《しゃべ》ることすらおっくうだった。

しかし、そんなふうに研修医に詫びられるのは初めてだった。医者の卵はたいがいプライドが高く、パートナーであるはずのナースを下に見ている。他人に頭を下げられないタイプも多いのだ。

槇はあらためて、石井を見た。

切れ長の瞳に、品のいい口元。まっすぐに通った鼻梁《びりょう》。

上品で整った顔立ちに、肩幅のある長身の持ち主だった。

——サラブレッド。

崩れのない端整さから、まずはそんな言葉が浮かぶ。

なにより、目に飛びこんできたのは、真正面から槇を見つめる瞳だ。何のかげりも気取りもなく、心から触れあおうとするような強い眼差し。

彼は今まで、挫折《ざせつ》したことはないのだろうな、とその表情から感じ取れた。

幼い頃から大切に育てられた、上流階級の子弟なのだろう。

槇の目はもっと暗い。黒曜石のような瞳は孤独のかげりを帯び、命を救うという目的だけに集中して、凍てついていた。

「今日は、ご注意いただいてありがとうございました。私は、あれほどひどい患者を診るのは初めてだったので……」

「研修医の人は、みんな最初はそうですから。血まみれの人を見れば、普通の人は動転し

ます」

フォローのつもりで言った言葉に、石井は照れくさそうに笑った。

「普通ってこともないんですけどね。うちは救急センターもある総合病院で、いつでもあのような患者が運ばれてきていた。あんな修羅場は始終あったはずだ。しかし、俺はろくに現場を見ることなく、なんとなく親から言われるがままに、医者になった」

——よくいるタイプだ。

医学部を卒業して研修医として配属されてすぐの頃は、お坊っちゃま医師の自己存在証《アイデンティティ》明が揺らぐことが多いようだ。自分が医師になっていいのか、こんな命の現場で渡り合えるのか。

しかし、槙はそんな彼らの甘えに付き合う余裕などなかった。

——白衣を着たお坊っちゃま。

自分と同じように戦えない彼らに、じわじわと憤りがこみあげてくる。

彼らは裕福な家に生まれ、食べ物や住む場所や学費の心配をしたこともなく、人生を送っていたのだろう。

一日中駆けずり回った疲れもあって、爆発しそうになる感情が制御できなかった。

槙は立ち上がり、パイプ椅子《いす》に腰掛ける石井の前に立った。

それから、怒りのままに叩《たた》きつけた。

「——だったら、やめてしまえ！」

怒りの正体は、醜《みにく》いやつかみだ。それくらいわかっていた。そんな恵まれた立場にあるというのに、どうしてもっと努力しないのか。神の力を持っているというのに、その力を駆使しようとしない相手への、苛烈《かれつ》な怒りが槇のほっそりとした全身を小刻みに震えさせる。

手にいれられるものなら、自分が欲しくてならない。のどから手が出るほどのその力を、彼らは持っているのに持てあます。それが許せなかった。

槇は石井の白衣につかみかかり、強く締め上げた。

「医者になれるものなら、俺がなってる。……なのに……！」

目の回るような日々が続いていた。

槇のいる救急病棟に運び込まれてくる患者は、重症ばかりだ。全科の患者を看る必要があり、急変の危険性にいつでもぴりぴりしていた。いくら努力しても、それでもすべては救いきれない。死は非情で、槇は親しい人を奪われて泣き叫ぶ患者の家族を大勢目の当たりにしてきた。自分の無力感を思い知る日々が続いていた。

疲れ切っていた。

自分の力のなさに歯がみして、勤務後に泣き叫びたいような毎日だった。行き場のない袋小路に自分がいるような気がする。地獄の中でもがき苦しんでいるような。

だからやつあたりに近いその思いを、ただそのとき、目の前にいただけの研修医にぶつけていたのだ。

叫んだ後で、槇はハッと唇を噛んだ。

すうっと、頭が冷える。

「……すみません」

身体が震えた。

それでも、激情はすぐには去らない。

身体が固まり、表情が上手く作れない。

泣き出しそうな顔をしていたのかもしれない。

握りしめた白衣から、強ばった指を一本ずつ離そうとしていると、石井がその手を上から強く握りしめた。

大きな手は、震えていた。そのとき、石井も何らかの感銘を受けていたのかもしれない。

石井の手と比べると、槇の手は頼りないほど白くて華奢に見えた。握られた手に、痛いぐらいの力がこもる。

「いえ、俺のほうこそ甘えがありました。もっと勉強します。教えてください」

緊張と気負いがその手から伝わってくる。

石井の目には熱がこもり、真摯《しんし》な目がまっすぐに槇を見ていた。


口先だけの男なら、いくらでも見てきた。

特に物事の見えていない新人は、大言壮語を吐きたがる。現実のつらさも知らずに現場を批判し、自分だけは違うとせせら笑いながら、誰よりもあっけなく、多忙に流されて当初の目標を見失う。

しかし、石井はその言葉の通り、手抜きなしに真剣に取り組んできた。

二年間の研修医生活の中で、槇は石井ほど伸びた医師を見たことがなかった。

執刀医とオペナースといった組み合わせで、槇は石井と組んだ。

熱心に仕事をする槇は師長から見こまれ、人手が足りなくなったときや、急な仕事が入ったときなどには、すぐに応援の連絡が来た。勤務の崩れのしわ寄せを一身に受けていたが、それでもつらいなどと、一言も愚痴をこぼしたことはない。

どうせ寮にいても、やることはないのだ。

自分の身体がサイボーグとなり、二十四時間働けるようになったらいいのに、と思うほどだった。勤務以外の楽しみは、何も持ってはいなかった。

そんな槇に、師長の思うがままに使われているから、もっと身体をいたわれと忠告するベテランナースもいたが、槇は儀礼的に微笑むだけだった。

そして、救急病棟で槇と同じぐらい過酷な任務をしていたのは、研修医である石井だった。

先輩の救急医に従って血の海の中を駆け回り、凄惨《せいさん》な現場で場数を踏むたびに、石井が伸びていくのが頼もしかった。手先も器用で、医師としての天稟《てんぴん》に恵まれているのが見て取れた。

神奈川の湘南《しょうなん》にある石井総合病院の院長の末っ子なのだと、他のナースたちが噂《うわさ》をしていたのを槇は聞いた。屋敷国際病院のVIP病棟と並び称されることもある、高度医療を提供する病院だ。

槇と石井は救急現場で誰よりも長く時間を共有するようになっていたが、すべては患者を間に挟んだやりとりで、石井の実家についてなど、一言も話題にしたことはなかった。

石井と戦友のような気分でいた。

だから、二年間の研修医を終えて石井が屋敷国際病院を去るとき、屋上に呼び出されても単に戦力が失われることが残念で寂しいだけだったのだ。

オペが一段落して、薄闇に包まれた夕方のことだ。

ビルの向こうの遠い空に、かすかにオレンジ色の光が残っていた。

「槇さん。俺と、……一緒に来てくれませんか」

真剣に響いた言葉にこめられた思いを、槇はすぐには理解できずにいた。

「どういう……こと？」

「俺は実家の石井総合病院に戻るつもりです。別れたくない。あなたは、最高のパートナーだから」

――スカウトなのか？

まずはそう思った。石井が何のつもりなのかわからなかった。

オペナースとして、石井とは息もしっかり合ってきている。次に何がしたいか読み取り、先回りして動けるようになっていた。

しかし、優秀なオペナースは他にも大勢いる。

パートナーを一人に特定したら、いろいろ不自由があるだろう。

大勢のオペナースと組んだほうが、きっと石井は伸びる。

そう判断して、槇は冷ややかな口調で答えた。

「バカか、おまえは。石井総合病院にも、大勢優秀なオペナースはいるだろ。他の病院からナースを連れて行ってパートナーにするようなことを最初にしたら、おまえは余計な反発を食らうだけだ。院長の息子ならなおさら、慎重に振るまえ」

「でも、……だったら」

石井は言葉を切った。

まっすぐな目で、じっと見つめられる。

槙は久しぶりに石井の端整な顔を、正面から見た。

研修医として来たばかりのころの頼りなさはすっかり消えて、白衣が身体に馴染《なじ》んでいた。

手術着を着るとなおさら、逞《たくま》しい体つきが見て取れる。学生時代は、何かスポーツをしていたのだろう。槙とは違う、恵まれた境遇にいた男だ。

その涼やかな瞳が、ひたすら槙を見つめる。

狂おしく、愛しさのこめられた強い眼差しで。

ことあるたびに槙は、自分を見守る石井の眼差しに気づいていたような気がする。

——え？　まさか……。

不意に、槙は石井に呼び出された意味を悟る。

——でも、……だって……。

これは、求婚のようなものなのだろうか。

ずっとついてきて欲しいというのは、そういう意味なのだろうか。

ひたすら懸命に駆け回った戦友の顔を、槇は呆然と見つめた。

槇のほうが四年先に勤務を始めていたが、実際の年齢としては、槇のほうが一つ上であるに過ぎない。

出会ったときが新人のせいもあって、石井など子供としか思えないでいた。自分がしっかり育てないといけない、大切な神様の卵。

石井は、槇の思うとおりの医者に成長を遂げつつあった。

誰もがサジを投げてしまうような状態の患者でも、最後まで諦《あきら》めず、そのときの自分にかなう限りの方法と手腕を持って挑もうとする救急医。しかも、努力や勉強を怠ることもない。

石井は、自分と同じ志を持って仕事をしているのだと思っていた。

しかし、そうではないのだろうか。

——まさか、……俺のため？

槇にいい姿を見せるため、女の子の前で男が格好をつけたがるように、石井は働いていたに過ぎないのだろうか。

その衝撃が、槇を襲う。

医師に対する過剰な思い入れから、解放されずにいた。

医師は死の顎から人々を救い出してくれる神様でなければならない。石井は槇の前に現れた、まだ卵だったけれども、理想に近い医師だったのだ。

足元の地面が、喪失していくような気がした。

また何かを見失う。

槇は、自分にとっての神を見失う。

それが怖くて、告白などされないように槇は震えながら願っていた。

——どうか、俺のことなど。

目にも入れないで欲しい。石井は患者のことだけ見ていて欲しい。

なのに、石井の声は耳に届いた。

「……あなたが好きです。初めて、胸元をつかまれて叱《しか》られたときから、ずっと」

石井の瞳が、槇を映す。

真摯な、ストレートな愛の告白だった。

しかし、槇の心には恋愛感情など入れる余地はどこにもなかった。死にゆく患者を引き留めるのに必死で、その最大の味方に裏切られたような思いのほうが強かった。

「ふざけるな……っ！」

槇は叫ぶ。

変わり果てた両親の姿がまぶたに浮かんだ。ずっと、忘れることのできない両親の死顔。

槇はまだ、両親の無念を晴らしていないのだ。

もっと多くの人を救わなければ、槇はこの呪縛《じゅばく》から逃れられない。力尽きて倒れるまで、槇はこの戦線から離脱することができないのかもしれない。

そのためには、医師の力が必要だった。

槇にはない神の力が。

――昨日もまた、一人亡くなった……。

救急の現場にどんどん患者は運び込まれ、どんなに手を尽くしても人は死ぬ。

人が死ぬことは理性ではわかっていても、感情では納得できなかった。

どんなことをしてでも、人を殺したくない。

悔しくて、もどかしかった。

――裏切り者……！

涙がこみあげてくる。

全身が鉛のように重くなる。

本当は、疲れ切っていた。全力で走り続けて、歩き続ける力を失いそうだった。一度膝をついてしまえば、前進できなくなる。

石井の裏切りは、槇から力を奪う。

戦友だと思っていたからこそ、その絶望感は強かった。

錯乱に近い状態で、槇は叫んだ。

「嫌だ……っ！　どうしておまえが、……そんなことを言う……。医者のくせに……！　もっと、……力を尽くせ。俺なんか見ずに、一人でも多くの人を救え……」

途中で息が詰まった。

ぼたぼたと、瞳から涙があふれる。

嗚咽《おえつ》がこみあげて、槇のほっそりとした肩が大きく震えた。

どこかが壊れてしまったように、涙は止まらない。

身体の中でふっつりと糸が切れてしまったようだった。

槇はこぶしで乱暴に涙をぬぐい、石井から顔を背けて、屋上から去った。石井は引き留めることはしなかった。

――わかってる。

医者は神様ではないと、だいぶ前からわかっていた。彼らは人間だ。槇の過剰なほどの思い入れと励ましに、救急医は迷惑そうな顔をする。

——それでも、石井だけは味方だと思っていたのに。

涙とともに、力が失われていく。

槇は階段を下り、私服に着替えるためにロッカーに向かおうとして、胸が脈打つような痛みに襲われた。

呼吸のリズムが崩れて、息が出来ず、リノリウムの廊下に膝を折る。

それでも身体が支えられなくて、倒れて意識を失った。

目覚めたときにはベッドの上で点滴を受けていた。

槇を診察した救急医は、哀れむような目で見下ろして言った。

「過呼吸症だ。ストレスと過労が原因だろう。全身ぼろぼろだし、君はしばらく療養した方がいい」

槇は精密検査を受けるために、入院することとなった。

毎朝嘔吐《おうと》して、血尿が出ていたことを隠してきたが、身体と心の限界が来ていたらしい。

身体を壊してようやく、槇は休むことができた。

心の張りも失って、槇は昏々《こんこん》と眠り続けた。こんなに眠り続けることができるのかと不思議に思うぐらい眠った。

夢の中に両親が出てきた。幼い槇は、両親の愛を再び思い返す。父も母も、槇を褒めてくれた。がんばったね、と言って、優しい温かな手で槇の髪を撫でてくれた。

その甘い感覚に癒される。

少しだけ憑《つ》きものが落ちたようだった。

夢の中で涙を流し、その感覚に覚醒《かくせい》しても、槇の髪を撫でる温かな手は消えなかった。

不思議に思いながら濡れたまぶたを開くと、ベッドサイドにいたのは白衣姿の石井だ。

「……おまえ……」

かすれた声を出しながら、槇は石井の手首をつかむ。

夢の中のこの手は、石井のものだったのだろうか。

もう走り続けなくてもいいよと、槇を癒してくれたこの手は。

石井は槇の手を両手で包みこむ。

そうされて、自分の手がどれだけ冷たかったかを自覚した。自分はこの手で、患者たちに触れていたのだろうか。

「槇さんは、眠りながら泣くんですね」

言われて、槇は石井につかまれていない手でそっと目をぬぐう。

いい夢だったとは、決まり悪くて言うことができなかった。

それに、自分を見つめる石井の瞳があまりにも優しくて、この雰囲気を壊したくはなかった。

「俺はあなたに認められるような医者となって、戻ってきます」

「……うん」

槇は小さくうなずく。

今度は、一緒に来て欲しいとは言われなかった。

槇の先日の返答は、石井を深く傷つけたのだろう。色恋に疎い槇でも、それくらいのことはわかる。誠意に満ちた告白を槇は踏みにじった。なのに、かけてくれる言葉は温かい。

「それまで、……どうか、身体を大切にしてください。あなたは生き急いでいるようで、心配なんです」

もう今までのような過酷な任務は当分無理だと、槇は診察した医者から説明されて、納得していた。

しかし、強がった言葉しか口から出なかった。

「バカにするな。俺はよっぽど頑丈で丈夫だ。今回のは、ちょっと調子が狂っただけだ」

石井は小さく微笑み、別れを惜しむように槙の手を両手で強く握る。

それから、名残惜しげに手が離れた。

――お別れだ。

研修医としての期間を終え、石井は屋敷国際病院から去っていく。

職場が離れたら、石井とは今後ろくに会うことはできないかもしれない。後ろ髪を引かれる思いが、槙の胸にこみ上げてくる。

その思いが目に出たのか、石井がためらった末にささやいてきた。

「キスしてもいいですか」

驚きに、槙は目を見張る。またそんな甘えたことを言うのかと、怒りがじわりとわきあがる。

それでも、拒めなかったのは何か胸騒ぎを感じさせる光が、石井の瞳に宿っていたからだ。

それが不思議だった。

石井は父の経営する総合病院に戻るはずだ。なのに、石井からは大きな仕事を抱えこんだような緊張が感じ取れた。

戦地に赴く戦士のような雰囲気を、石井は漂わせていた。

石井の願いをかなえてやりたい。石井を思い出すよすがを、しっかりと刻印しておきたい。

そんな望みがこみあげる。

そうでなければ、いずれ後悔するような気がした。

それでも、キスは怖い。槇が今まで知らなかった、狂おしい何かを抱えこんでしまいそうだ。石井なしの孤独は、石井と出会う前のものよりもずっと耐え難いものになりそうな気がして、怖気づく。

だから、こう答えていた。

「——額なら」

石井が微笑み、うやうやしく額に唇が押し当てられた。

王侯貴族にでもするような口づけだった。それとも、淑女だろうか。

額から熱が全身に広がる。

胸の奥の氷が溶け、涙腺《るいせん》が痛くなった。

泣かないように槇は、ぎゅっと目を閉じる。

こんなに誰かに大切にされたことなど、槇は今まで一度もなかった。いつでも槇は孤立し、仕事に集中していた。誰かに甘えることも甘えさせることもできず、氷のように冷ややかに理詰めで議論を交わすことしかしてこなかった。

目を開けたら泣いてしまいそうで、槇は目を閉じたまま告げる。

「すごくなって、……戻ってこい。俺が、尊敬できるような医者になれ」

それから、少しためらってから続ける。

「……待ってるから」

待つも何も、石井とはこれっきりのはずだった。

そんなことを口走ったのは、石井との縁をこれっきりで終わらせたくなかっただけだ。

しかし、石井は槇のその言葉に違和感なく答えた。

「ええ。必ず、あなたの元に戻ります」

石井は槇の絹糸のような黒髪に触れ、それから病室を出て行く。

石井とはそれっきりだった。

入院していた槇は、送別会にも出られなかった。しかし、ベッドにいる間は、一週間おきに花が送られてきた。身よりもなく、他のナースとの付き合いもよくなかった槇にとっては、唯一の花だった。

それから、石井の噂を同僚たちから聞いた。

石井は親の病院を手伝うのではなく、アメリカに渡って最先端の医療を学ぶことにした

のだそうだ。

最後に出会ったときの石井が秘めていた緊張は、そのせいだとようやく理解できた。

『——俺はあなたに認められるような医者となって、戻ってきます』

石井はアメリカに何年か留学したのちに、海外の紛争地で医療活動を続けていたらしい。

それがわかったのは、石井が死亡したというニュースが日本国内で大きく流れたからだ。

それを知った途端、槇は震えた。

世間知らずのお坊ちゃま医師だった石井を、過酷な死地へと押しやったのは、自分かもしれない。両親を殺したように、槇は自分の歪《ゆが》んだ思いこみに付き合わせて、石井も殺してしまったのだ。

ショックに目の前が暗くなって、何も考えられなくなっていた。

石井がどれだけ自分にとって大切な人なのか、思い知ったのはそのときだ。

その頃の槇は、屋敷国際病院に勤め続けていたものの、入院を契機に救急病棟からは外されて、新設された特別病棟——通称、VIP病棟に配属されていた。

国内の政治家や著名人が多く入院する、贅《ぜい》を尽くした設備と最先端の医療を提供する病棟だ。

そこで、槇は陰でこうささやかれていた。

『死の天使』

ぬばたまの黒髪に、雪のように白い肌、氷のように整った顔立ち。赤い唇。

最高の設備と医療の中で、死にゆく患者ばかりを多く担当する、終末医療の専門ナース。

槇が担当した時点で、ＶＩＰ病棟の医師やナースは患者がどんな病状か勘づく。

いくら金があっても、人にはどうしても寿命というものがある。

どれだけ力を尽くしても、死に向かう患者も多かった。奇跡が起きて、回復する患者はごく一部でしかない。それでも、槇が諦めることはない。患者の苦痛とともに戦い、最後の一瞬まで見守る。

患者が希望すれば、あらゆる手を使って一分でも一秒でも患者を長く生きながらわせる。

そんな、ＶＩＰ病棟で行われる、終末医療の専門ナースとして勤務していたのだ。

石井の死のニュースを聞いたとき、槇も一緒に死んでしまったような気がした。

心が凍りつき、まともな判断力が保てない。

だから、慰めてくれる腕が欲しかった。自分の担当する患者から、どうしても抱かせて欲しいと懇願された。死にゆく人の最期の願いを、槇は拒めなかった。

痩せてごつごつした男に、槇は抱かれた。

初めてだった。抱かれながら、槇は泣いた。ただ痛くて快感を覚えることなどできなかったが、それでも石井の死を知ってからずっと流せなかった涙がようやく頰《ほお》を伝った。

数ヵ月後、その男が死んだ。

槇は最後まで、その一瞬を看取った。

呆けていた槇は知らなかったのだが、石井の死が日本でニュースになってから三日後に、それは誤報だったと伝えられたのだと言う。混乱した現地で、人を取り間違えたのだと。

その話を聞いたとき、槇は取り返しのつかないことを自分がしてしまったことを悟った。いくら寂しかったとはいえ、石井が戻ってくるのを待たずに他の男に抱かれてしまった。

それでも、石井が生きていたのは嬉しい。槇はひざまずき、どこにいるともわからない神に全身全霊で感謝した。

日本を出てから、ずっと石井から連絡はないままだ。

槇のことを忘れていても、自分の元に戻ってこなくてもいい。ただ世界のどこかで石井が生きていてくれるというだけで、どうしようもない喪失感は埋められる。

石井を失ったまま、時間は流れていく。

槇がナースとなって、十年が過ぎようとしていた。

〔二〕

屋敷国際病院の名を高めているのは、メディカルタワー最上階にある特別病棟――通称VIP病棟の存在だ。政治家や著名人の入院のニュースに、屋敷国際病院の名が報じられることはよくあった。

そのVIP病棟の廊下を、槙は看護記録を手に足早に歩いていた。

身につけているのは、VIP病棟用の特注品のユニフォームだ。

身体の線が浮き出るようなナース服は、太腿《ふともも》の途中までのミニ丈だ。槙のすらりとした長身に純白のユニフォームは映え、綺麗でまっすぐな足を純白のガーターストッキングが包みこんでいる。

姿勢を正して普通に歩いているときには問題ないが、屈みこんだりするときには、そのほっそりとした太腿からガーターベルトがちらりとのぞく。

そんなユニフォームの着用が義務づけられているVIP病棟に勤務するには、有能なだけではなく極上の容姿も大切な要素となっていた。

「ありがとうございました。これで、……心残りはありません」

槙が担当していたVIP病棟の患者が、今朝方、息を引き取ったのだが、意識を失う前に言い残した言葉が、槇の中に残っている。

懸命に病と闘って、命の限りに生きようとした人だった。

——終わった……。

二ヵ月に及ぶ戦いだった。

張りつめた緊張が一つ切れると、全身にずしりと疲労がのしかかってくる。

がむしゃらに戦っても、患者を救うことができなかったもどかしさを、だいぶ割り切ることができるようにはなっていたが、それでも悔しくて叫び出しそうだ。

——なんで、人は死ぬのだろうか。

死にたくない、死んでたまるかと、彼は何度も訴えていた。つらい治療を重ねるたびに歯を食いしばって耐えながら、絶対に治るのだと繰り返し唱えていた。そんな患者を、槇は全力で支えてきた。

しかし、最後には骸骨《がいこつ》のように痩せた手で槇の手を握り、ありがとうと微笑んで、この世を去った。

——これで良かったのだろうか。

全力は尽くしたつもりだ。しかし、まだもっと他にできたのではないかと未練が残る。

死にゆく人の記憶と思いが、槇の胸に積み重なって窒息しそうになる。

地下の霊安室から上がれば、ロビーはまばゆいばかりの光で満ちていた。

その光に、槇はめまいを覚える。

外来患者や散歩をしている入院患者、そして、見舞客や病院スタッフが行き交い、その生の氾濫《はんらん》の中で、槇は死神のように場違いなものを覚えて立ちすくむ。

あちこちから発せられる声が聞き取れず、一つの大きな羽音のように耳の奥で響き渡った。

槇は瞳を泳がす。

自分が今、どこにいるのかがわからなくなっていた。

声をかけられたのは、そのときだ。

「——槇さん」

その声だけは、鼓膜に広がる雑音の中でハッキリと聞き取れた。

振り返ると、白衣に映える長身が目を引いた。

——石井？

見間違えるはずのない、端整で優雅な顔立ち。

柔らかな笑顔に、求心力のあるまっすぐな瞳。これは、石井だ。

——なんで……。

真昼に、幽霊を見たような気分になった。生きているというのは知っていた。しかし、今日ここに現れるなんて予想もしていなかった。

どうして石井が日本にいるのだろうか。帰国したなんて話を聞いたことはない。会いたいと願いすぎて、幻でも見ているのか。

昨夜から、患者の急変のために徹夜状態だった。その前からの勤務の無理がたたり、ろくに身体を休めることができずにいた。

その、張り詰めた緊張の糸があまりの驚きに切れる。

目の前が真っ黒になり、槇はその腕の中に崩れ落ちた。


目を開くと、懐かしい石井の顔が変わらずにそこにあった。

外来の処置室のベッドに寝かされていた。午前の診察は終わっているから、他の患者の姿はなく、腕には点滴が刺さっている。

「過労です。相変わらずですね、槇さん。一度夢中になると、あなたは馬車馬のように働き続ける」

柔らかく声をかけられて、槇は一瞬たりとも石井から目を離すことができなくなっていた。

「おまえ、……いつ日本に戻ってきたんだ？」

通った鼻梁に、黒い切れ長の瞳。

貴公子を思わせるどことなく優雅な仕草は、昔と変わらない。優しく、槙を見下ろすその瞳も。張りつめた心が緩みそうになる。

「つい一週間前かな。戻ってくるって言ったでしょう」

言われて、槙は涙ぐみそうになった。

記憶の中のものよりずっと逞しくなったように見えるその肩に抱きついてみたいほどだったが、何年も会えなかったことがその心にストップをかける。

どんな態度を取っていいかわからなくて、槙は曖昧《あいまい》に微笑んだ。

「相変わらず、ムカつくぐらいにハンサムだな。けど、どこかふてぶてしくなったような気がする。さんざん女を泣かせてきたか？」

「まさか。……あなた一筋ですよ、槙さん」

手首をつかまれ、うやうやしく軽く口づけられる。

世慣れた気障なそぶりに、槙は久しぶりに笑った。

胸の中に、ふんわりと広がる温かな感情がある。

昔と変わらずに石井が自分を好きでいてくれるなんて、嬉しい。

それでも、槇のほうが変わってしまったのだ。

――裏切った、石井を。

何かの約束をしたわけではない。

石井は愛の告白をしたが、槇はそれを断った。だから、何にも縛られてはいない。

それでも、石井に対する申し訳なさがあった。

それに、寝た相手は一人だけではないのだ。

槇は点滴を腕に刺したまま、ゆっくりと上体を起こす。

「昔は、俺にそんなに気安く触れられなかっただろ」

石井の世慣れた様子が、新鮮でおかしかった。

一緒の空間にいられるだけでも、嬉しい。心が弾んで、鼓動が少しずつ早くなる。白い顔が、少し赤らんでいるかもしれない。

槇の唇に、ぎこちない笑みが浮かんだ。

石井の瞳が、槇をまっすぐ見つめてくる。

とまどうほどに正面から浴びせられる強い眼差しは、昔と変わらない。その瞳にじっと見つめられて槇は不安を覚えた。何もかも見透かされ、丸裸にされていくような気分になる。

石井の手が、そっと槇の頬を包みこんだ。

その感触に槇はビクッと震えて、それから身体の力を抜く。

石井の手が槇の顔の輪郭をなぞっていく。離れていた時間を埋めるように。ずっと夢に見ていた相手を、触って確認するように。

槇も石井に触れたかったが、まずは順番だと思ってその気持ちを抑えこんだ。

「不思議とあなたは、記憶よりもずっと華奢なので、触って確かめなくては気が済まなくなりますね。少し痩せました？　それとも、服装のせいでしょうか」

石井の白衣の胸元には、屋敷国際病院の医師という身分を示すＩＤプレートが燦然《さんぜん》と輝いていた。槇はそのプレートに目を止める。

――特別病棟？

槇と同じ病棟だ。

最先端の治療を誇るＶＩＰ病棟は、病院の後継者である屋敷恭士《きょうじ》が責任者となっている。

「おまえ、またここで勤務するつもりなのかよ？　自分の病院には戻らないのか」

驚いて問い返した槇の絹糸のような髪を、石井はそっと掻き上げた。

「あなたのいるところで勤務したかったんです」

その言葉に、またドキリと胸が高鳴る。

しかし、純粋な喜びだけではなく、胸の痛みも同時に引き起こされた。

槇には恋人がいるのだ。脅され、強引に付き合わされているその医師の腕から、槇は逃れきれずにいる。

それでも、目の前の石井から目が離せない。

息を詰め、ひたすらその仕草や表情を追ってしまう。

かげりのない笑顔は、昔と変わらない。

すれていなくて、よく笑っていた。

「目が覚めたのなら、少しだけ触診しますね。身体を見せてもらっていいですか。過労だとは思いますが」

槇の上体を起こさせたまま、石井はナース服のボタンを外していく。

ただの診察行為なのに、その手がかすかに触れるだけで、槇の肌を戦慄《せんりつ》が走った。

「自分で脱ぐよ」

槇は石井に脱がされるのがくすぐったくて、自分でナース服のボタンを全て外し、白い肌を露出した。

その仕草を見守りながら、石井が照れたように笑った。

「すごい色っぽい格好ですね。噂に聞いた、ＶＩＰ病棟の制服ってやつですか」

ささやく声は、記憶の中のものよりもずっと甘かった。

石井に見つめられただけで、皮膚の表面に淡い電流が広がる。その緊張感に耐えながら、槇は首筋に触れられて、ビクンと震えた。

「似合わないだろ。男なのに、こんなもの着て。だけど、ＶＩＰ病棟は一人の患者をずっと看られるから、魅力的なんだ。金のことは気にせず、最後までつきあえる」

「似合いますよ。槇さんは、足がとても綺麗だから。しかし、そんな足を今まで大勢の男に見せてきたんだと思うと、嫉妬《しっと》でどうにかなりそうだ。誰よりも綺麗な槇ナース」

甘くささやいてから、石井は声を診察中の医師のものに変える。

「私の顔をまっすぐ見ていてください。首のリンパ節が腫《は》れていないか調べますので、顎を上げないで、……そのまま楽に」

「いっぱしの医者みたいだな」

「いっぱしの医者ですから」

不敵に言い返す石井の手は、とても温かかった。

「リンパ、腫れてますね。最近、どこか体調の変化はありませんか」

「疲れやすい」

「それから？」

「不眠に頭痛。アスピリンは常用してる」

「病棟変わって、少しは楽になったんじゃないんですか？」

触れてくる手は、すっかり医師の手だった。

安心できる。

ずっとできているリンパのしこりを確認され、甲状腺《こうじょうせん》を触診された。言われて唾《つば》をごくりと飲みこんだあとに、頭部と顔を視診される。

「勤務は楽になったよ、ずっと。昔みたいに、全力ではもう戦えない。もう戦う気力もない」

温かい石井の手の感触に安堵《あんど》を覚えながら、槇は息を吐き出した。ようやく、石井に直接、過去のことを詫びることができそうだ。

「気力が？」

「——別れる前、おまえを糾弾したよな。もっと力を尽くせって。おまえは精一杯やっていたのに。——昔の俺は、何かに取り憑かれていたんだ。死が怖くて、がむしゃらに働くことしかできなかった。自分の都合に強引におまえを付き合わせて、振り回していた」

そんな石井の存在が、いつの間にか、槇の支えともなっていたのだ。

「悪かった」

万感の思いをこめて言うと、石井は不本意そうに言った。

「謝ることはありません。俺は、全て自分の判断でやってましたから。留学したのも、死んだと誤報されるほど危険なところに行くことになったのも、全部俺が望んだことです」

きっぱり否定されて、槇は少しうつむく。

言われてみれば確かに、石井を自分が振り回していたと思うのは、傲慢な考えかもしれない。

石井を槇が操ることなどできない。石井は石井個人としての考えで、今まで行動してきたのだ。

少し寂しそうな顔をしたせいか、石井の表情が少し優しくなる。

柔らかく、告げられた。

「あなたは、やっぱり働き過ぎです。身体が悲鳴をあげています。もう少しだけ、休息を取るようにしてください」

石井の手が、槇の身体から離れた。

その手が離れたことに、少しだけ未練を覚える。

触れられたところから、ぬくもりが広がっていくような医師の手にずっと触れられていたい。どこか泣きたいような安堵を覚える感触だった。

久しぶりに再会した嬉しさもあって、槙は服装を整えずにねだってみる。

「もっと触れ」

その途端、石井が苦笑した。

「本気で言ってるんですか？　俺があなたにどんな気持ちを持っているか、知らないわけでもないくせに」

物腰は優美なままで、石井の気配が変化した。

ふわりと微笑む、優しい瞳。しかし、その瞳に心を射抜くような鋭さを感じて、ゾクリと震える。

ゆっくりと肩に手を伸ばされたとき、安堵の代わりに戦慄が広がっていった。

石井の手に触れられているところが、熱くてたまらなくなる。

指がそっと肌を這《は》っただけで、ざわざわと痺《しび》れが広がった。見つめられているだけなのに、乳首が敏感になって尖《とが》り出す。

――何で……。

そんな自分の身体がわからなかった。

槙の身体は閉ざされている。抱かれて、快感を覚えたことなどない。触れられても不快

感と痛みしか感じられない冷感症だ。槙を抱いたあの医師にはそうののしられたし、自分でもそう思っていた。

なのに、いまだかつてなく、肌の感覚が研ぎ澄まされている。

石井の手がすっと滑り、乳首のすぐそばをかすめた。

「っ！」

それだけでビクンと身体が跳ね、槙は反射的に胸元をかばうように上体を丸めた。その腕をつかみ、石井が低くささやく。

「ほら。そんなに無防備に身体を見せたら、バカな男が誤解しますよ。わかったでしょう」

いさめるように言ってから、石井は事務的な手つきで槙のナース服の前を合わせ、ボタンを閉じていった。

「……っ」

そのそっけなさが、槙の心に寂しさを残す。

VIP病棟では、微笑みの優しいナースが人気だ。槙はその美貌で人目を引くことはあっても、愛されることはない。槙の凍てついた瞳が、溶けることなどなかったのだから。

「誤解などしないよ。俺はモテないから」

すねたように言うと、石井はボタンを全て締め終えてから、からかうような眼差しを向けてきた。

「お疲れですか、槇ナース。あなたが、自分を卑下するような発言をしたことなど、聞いたことはありませんが」

まぶしそうに槇を見ていた石井の瞳が、少しだけ野性を見せる。同僚ではなく男の目で、見つめられているのがわかった。

——隙《すき》を見せてる……。

付き合うつもりなどないくせに、石井を誘いこむようなことを自分が言っているのがわかった。槇は視線をそらし、点滴の刺さった腕を見た。

「卑下もなにも、事実だから」

触れられた手の温かさが、残っていた。

——甘えたい。

孤独に凍てついた心を、少しでも癒したい。槇には石井の恋人になる資格はないのに、もたれかかりそうになっているのかもしれない。

恋人になれない理由がある。それでも、石井と友人に戻ることはできるだろうか。

そのとき、処置室のドアがいきなり開かれた。

「おっ」

入ってきたのは、脳外科医の鷲田《わしだ》医師だ。

整髪剤できっちりと髪を撫《な》でつけている威風堂々とした医者だ。銀縁の眼鏡をかけた顔は整っていて、白衣がよく似合うインテリめいた雰囲気がある。

鷲田は、槇と石井の間にあった微妙な空気に気づいたらしい。

鷲田は眼鏡の奥の瞳を細め、検分するように二人を見た。

しかし、動きを止めていたのは一瞬だけだ。

石井を押しのけるようにして槇に近づく。

「倒れたって聞いた。大丈夫か」

鷲田の手が、槇の肩と腰に馴れ馴れしく触れてきた。

普段は槇をほとんどかまうことなどせず、優しくもないくせに、こんなときだけ過剰な気遣いを演出するのは、独占欲や愛情からというよりも嫌がらせに近い。

槇に好意を持つような男がいたら、その前で自分は槇の飼い主であることをアピールせずにはいられないらしい。槇が病院内で公認に近い形で、鷲田の恋人だと知られているのは、そのせいだ。

「――少し、疲れがたまっていただけです。他は、問題ありませんから」

槇はそっけなく言って、鷲田の手から逃れようとする。

こんな姿を石井に見られたくなかった。

――本当は、石井がいい。

触られるだけで虫酸《むしず》が走るような鷲田の恋人でいたいはずなどない。

それでも、槇は鷲田から逃れられない。

逃げようとすると逆に、ぐっと腰を引き寄せられて抱きすくめられた。そんな二人の姿が目に余ったのか、石井がいきなり立ち上がり無言で部屋を出て行く。

石井が怒っているのは、処置室のドアがかなり乱暴に閉じられたことでわかった。

「あの男は、おまえに気があるのか？」

尋ねられて、否定しなくてはいけないと思ったのは、石井に余計な迷惑がかかってはいけないからだ。

「そんなはずはありません」

「嘘を言うな。去るとき、すごい目で睨《にら》んできやがった」

鷲田はかすかに微笑んだ。ひどく淫猥《いんわい》な、共犯者めいた笑みを浮かべている。

その表情に嫌悪感を覚え、すっと槇は身体を引いた。

「どうでしょうか。すみませんが、一度職場に戻りますので」

あまり一緒にいたい相手ではない。

槇は腕の点滴を引き抜き、立ち上がってそれを片付けようとする。

そのとき、鷲田も立ち上がり、槇のほっそりとした肩をつかんだ。

ハッとしてあげたあごを乱暴に引っかけられ、強引に鷲田のほうを向かされた。

「俺が、今、何を狙《ねら》ってるか、知っているか」

尋ねられて、槇は表情を変えずに答えた。

「脳外科部長の席、かと」

鷲田の上司である脳外科部長が、最近体調を崩して退職したばかりだった。一番その空席を狙いやすい位置にいるのは、脳外科副部長である鷲田のはずだ。

槇の返事に、鷲田は満足そうにうなずいた。

「そうだ。この重要なポストにつけば、日本脳神経外科学会や厚労省の諮問機関の要職も兼任できる。将来の踏み台としては、大切だ。なのに、邪魔な男がやってきた。石井だ」

鷲田の眼鏡の奥の瞳に、憎しみが浮かび上がる。彼は、吐き捨てるように告げた。

「石井総合病院と将来提携しようという思惑が、うちの上層部のほうにあるらしい。鳴り物入りでやってきたのが、あいつだ。そこそこ有能な男らしいな。うちの院長が買っている。まずはその腕を見こんで外科部長に据え、いずれは副院長にして、院長の末娘でもあてがうつもりらしい」

――院長の末娘を……。

その言葉が、槇の心を押しつぶす。

石井は生まれながらに将来すら保証されたサラブレッドなのだ。

多少は他の相手に心を移しても、結局はそういう形で落ち着くのだろう。

槇は何でもなさそうにうなずいてみせた。

「そう――ですか」

「俺にも意地がある。あんな若造に、狙ってたポストを奪われるなんて、冗談じゃない。だから、おまえに働いてもらおう」

「え」

「昔からうちにいるナースどもが噂をしていた。石井はおまえに気があるようだな。おまえはどうなんだ？」

尋ねられて、槇は目を伏せる。

「どうも何も。――石井のことなど、何とも思っていませんが」

そう答えたほうが石井を守れる気がした。その嘘を鷺田は信じたようだ。氷のような槙が恋愛感情を持つこと自体、鷺田には考えられなかったのかもしれない。

「近づいて弱みを何でもいい、探ってみろ。抱かせてやってもいい。何かマズイことをしてないか、調べてみろ」

鷺田が槙に向ける眼差しが、ぞっとするほどの残酷さを帯びた。

鷺田は槙の腿に手を滑らせた。

白大理石の彫刻のように絶妙な曲線を描く槙の腿を、ストッキングの上から指先でそっとなぞられても、槙の身体はピクリとも反応しない。

「感じるか」

ささやかれて、槙は小さくかぶりを振った。

さっき、石井に触診されたとき、どうしてあんなに震えたのかわからないぐらい、槙の身体は無反応だ。氷の彫像のように、硬く凍えている。

そんな槙に、鷺田はささやいた。

「石井と寝てやれ。おまえのように感じない相手など抱いてもつまらないだろうが、せいぜい上手く演技してやれ。石井を失脚させるようないいネタがつかめなかったとしても、おまえの美貌とこの身体であの男の心をとらえ、惚《ほ》れたところをこっぴどく振ってやるんだ。仕事が手につかなくなり、周囲からダメだと烙印《らくいん》を押されるほどに」

「でもそんなこと……っ」

したくない、と槇が言うよりも先に、鷲田は低くささやいた。

「おまえは、俺に逆らえる立場じゃないだろ。おまえは演技も下手だし、石井を夢中にさせることはできないかもしれない。しかし、やるだけのことはやってみろ。うまく仕事が果たせたら、あれを返してやってもいい」

「……わかりました」

うなずくしかない。

槇は、鷲田に脅迫材料を握られているのだ。

槇の犯した一度きりのあやまちが、地獄への門となった。

ＶＩＰ病棟の病室の一部には、術後の経過を見守るためにモニターがつけられている。しかし、プライバシー保護のために、患者の了解なしで電源が入れられることはない。そのはずだった。

しかし、槇のその一度きりの行為を、モニター越しに見ていた医師がいたのだ。

槇の行ったことが批難されるとすれば、当直だった鷲田の暇つぶしのその行為も批難に値するだろう。しかし、槇はそのモニターのディスプレイから取りこんだ画像ファイルを突きつけられて、頭が真っ白になっていた。

石井の死の知らせに、担当患者との初めてのセックス。さらに、それをネタにしての鷲田からの脅迫――。

あまりに立て続けに物事が起こった。死人のようになっていた槇は、それらにまともに対応することができなかった。

脅され、鷲田に力ずくで犯された。まだ痛みの癒えていないところを引き裂かれ、槇は痛みに気絶しそうになった。それでも、動かれるたびに激痛が走って意識を失うことすらできない。ただ、拷問に似た時間をひたすら耐えていただけだ。しかし、その痛みは槇にとっては救いとなった。自分に与えられる罰のような気がした。

その後も関係を強要されたが、槇が快感を覚えることができなかったのは、あまりに悲惨な性体験が重なったせいかもしれない。

望まないセックスは痛くてつらくて、いくら性器をしごかれても勃起《ぼっき》することすらできない。そんな槇を、医師は三度ほど抱いただけで、つまらないからとそれ以上触れることはなくなった。

——それでも、終わったわけではない。

肉体関係はなくとも、鷲田は槇の主人でいたがる。君臨したがる。

鷲田が望めば、槇はいつでも身体を開かなくてはならない。その約束だった。

そうしないと、その医師にＶＩＰ病棟での槇の行為の映像データを公開すると脅されていたからだ。

知られたくなかった。病院をクビになるからというより、あのときの自分の姿を、誰にも見られたくない気持ちが強かった。死に向かう患者に抱かれながら、槇は石井に抱かれている気分でいた。死んだ石井に抱かれ、石井を死へ追いやった罪悪感にまみれ、痛みに溺《おぼ》れて涙をぼろぼろ流していた。

人には、どうしても消してしまいたい記憶というのがある。思い出しただけで、この世から消えてしまいたくなるような、いたたまれない記憶。

槇にとってのそれが、その映像なのだ。

あのときの自分と向かい合いたくない。どうしても、あの映像を自分の前に出して欲しくない。

その一念が枷となって、槇を縛りつける。

石井は、海外生活で驚くほど腕を上げていた。

槇が担当していた患者の手術を石井がすることとなった。脳の下垂体《かすいたい》に腫瘍《しゅよう》がある患者の手術だ。オペナースとしてついた槇の前で、石井は動脈に付着した腫瘍を驚くほど鮮やかに摘出してみせた。

手術に立ち会えば、その医師の技量はだいたいわかる。

かなりの場数を踏んできたのだろう。石井のメスさばきにためらいはなく、確実な技術と方法論を選択し、危険のリスクを計算しているのが見てとれた。

八時間に渡る手術が終わり、石井と槇は一緒に職員食堂で食事を取った。

ものすごい集中のあとの弛緩《しかん》で、石井は食も進まず、少し放心しているようだった。しかし、そのあとに仮眠室に案内した頃には、石井の足取りはしっかりしたものに戻っていた。

何かあったときのために石井は帰宅せず、仮眠室で休息を取ることになっていた。研修医と医師用の仮眠室は、メディカルタワーの六階にある。槇は鍵《かぎ》を持って、仮眠室Aのドアを開き、毛布やシーツを運ぶ。

仮眠室の使い方など説明しようとして、ふと気づいた。

「――って、元研修医だから、全部知ってるよな」

苦笑いをする。わざわざついてくる必要などなかったのだ。食事のときは石井がぼうっとしていたが、槇のほうもかなりぼんやりしていたらしい。

石井が、柔らかな笑みを浮かべた。

「ええ。特に説明していただくことはないと思いましたが、槇さんとできるだけ一緒にいたくて。お疲れのようでしたら、ここで寝ていきます？」

仮眠室は一部屋に二つベッドがあって、男女別の小さな部屋が並んでいる。

倒れこんで寝てしまいたい誘惑はあったが、石井と一緒だとドキドキして眠れそうもない。

「寮はすぐそばだから。……けど、見直した。腕を上げたな、石井」

頼りない研修医が五年間でこれほど変わってしまったことに、取り残されたような気持ちになる。

しかし、海外は楽じゃないと聞いた。言葉の壁以上に文化の壁がある。愚痴などを誰にもこぼせずに一人でいる孤独感に耐えるのは大変だっただろう。

しかし、枕を受け取りながら石井は屈託なく微笑んだ。

「槇さんにそう言ってもらえるなんて、光栄だな」

石井総合病院の末子《まつし》だから外科部長に招聘《しょうへい》された、と鷲田は言っていたが、あの手術の鮮やかさを見れば石井の持つ技術も評価されているのだろう。

槇は高い棚の上からつま先だって枕カバーを取り出した。振り返ったとき、石井の視線が自分の太腿あたりにあったことに気づく。

このようなコスチュームでいるから、その気がなくてもきっとチラチラと見えるガーターベルトに視線が行ってしまうのだろう。

なんだか気恥ずかしくて、槇は手早く枕にカバーをかけた。

——誘惑しろって、鷲田から命じられたけど。

ずっと恋こがれていた相手だ。槇にとっては、渡りに船の提案と言えなくもない。しかし、鷲田との関係を引きずったまま、石井に抱かれるのは抵抗があった。騙《だま》すようなことはしたくない。石井と付き合うようなことがもしあったとしても、それは鷲田との関係を精算してからだ。石井の気持ちを弄《もてあそ》ぶようなことが自分にできるはずがない。

——鷲田の脅しには乗らない。

石井と顔を合わせたことで、そう決意できた。

あの映像を公開するなら、すればいい。院内で問題になって、槙は職場を追われるかもしれないし、誰よりも石井に自分の醜い姿を見られたくなかったが、石井を陥れるようなことをするよりは、自分が地獄に堕ちた方がいい。

——今までは、鷲田の言うがままになっていたのに。

そんな自分に驚く。

それでも、鷲田の策略通りにさせたくなかった。

「槙さん。質問があるんですが」

石井に静かに問いかけられて、槙はハッと顔を上げた。

「あの男——鷲田さんは、槙さんの恋人ですか」

違う、と言いたい。あの男は、無理やりに自分を縛りつけているだけだと。

しかし、槇は短くうなずいた。

「そう」

石井の眼差しが曇る。それでも、さらに尋ねられた。

「その人のことを、……愛してるんですか」

心まで見抜くような、強い眼差しが浴びせられる。石井に嘘を言いたくなかった。

――愛してない。愛してるはずがない。好きなのは、おまえだけ。

目をそらして、槇は心の中でだけ告げる。

ずっと石井が戻ってくるのを待っていた。

石井と恋人同士のように付き合っていたわけではない。勤務以外で会うことも、ほとんどなかった。それでも、石井と過ごした日々は思い出すたびに、心に染みた。

救えなかった命の数々に落ちこみ、疲れ切った槇をいつでも励ましてくれた石井の、穏やかな物言いや、温かな気遣いが記憶に残っている。患者を死に奪われ、悔し涙を流すために屋上に上がった槇を迎えに来るときには、いつでも手にホットミルクを持っていた。

無邪気ないたずらをしてきたときの笑い声。だんだん逞しく、かっこよく見えてきた顔立ち。時折見せる、真剣な眼差し。

――大好きだった。

いなくなってから、石井の大切さを初めて思い知らされた。死んだと聞かされてようやく、石井のことを好きだったことに衝撃とともに気づいた。

自分はいつでも、テンポが遅い。

槇は石井からの質問に答えることができずに、すげなく言い返した。

「おまえなら、他にいくらでもいるだろ」

どうして石井は槇にこだわるのだろうか。

その質問に、石井は正面から答えてくれる。

「あなたがいいんです。俺が守らなくてもあなたは十分強いのに、それでもたまに弱く見えることがある。……そんなあなたが好きです」

その告白が心に染みる。目頭が熱くなり、泣き出しそうになった。

石井はたぶん、槇をずっと見ていてくれたのだ。頑強で扱いにくくて、仕事のこと以外は全く面白みがないと噂されるこんな自分の弱さまで一緒に好きでいてくれるのだ。

槇も、石井が好きだと言いたい。

石井を待って過ごした長い日々を思うと、心が引き裂かれそうだった。

それでも、槇は思いを封じこめて、そのまま仮眠室から出て行こうとした。

しかし、槇の腕はつかまれて、後ろから抱きすくめられる。全身に、息もできなくなるような緊張と快い痺れが広がった。

「――返事を聞かせてください。槙さん」

去ろうとしたのが返事だ。何故石井にはわからないのだろうか。石井と付き合うことはできない。何か、良くないことに巻きこんでしまいそうだから。

「だから、……俺には付き合ってる人がいる……って」

あえぐように答えた。それでも、石井は諦めるつもりはないようだ。槙を抱きすくめた腕は、少しも緩まない。

耳元に、石井の息がかかる。

「幸せそうなら、諦めるしかないとわかっています。だけど、今のあなたは幸せそうには見えません。どうして、そんなにつらそうな目で俺を見るんですか」

「そんなこと……あるものか……っ」

背中に感じる石井の硬い胸板と、逞しい腕の感触が槙を狂わす。

こんなふうにされると、意地を張り続けられそうになかった。

めちゃくちゃにされたい。愛しい男に抱かれたい。

その思いが暴走して、止まらなくなりそうになる。

石井の腕に抱きすくめられただけで、頭の芯《しん》まで痺れたようになっていた。

石井の手が、槇の白衣のボタンを上から外していく。脱がされるのがわかっているのに、槇は動けない。動きたくなかったのかもしれない。

あまりの緊張に、膝が震えだした。まともに立っていることすら難しかった。

そんな槇を石井は、自分のほうにひっくり返した。顔をのぞき込まれる。どれだけ石井を好きかを見透かされそうで、槇は目を伏せた。まつげが震える。

「そんなに怯《おび》えないでください。槇さん」

「嫌……だ……」

声だけが唯一、石井を拒絶する。

力いっぱい石井の腕を振りほどいて、このまま仮眠室を出て行けばいい。自分は女性のように非力ではない。なのに、驚くほど力が出なかった。

好きな男に抱きしめられるのが、ここまで身体の力を奪うなんて知らなかった。

石井が望んだら、槇はろくに抵抗すらできず、抱かれるしかないかもしれない。

しかし、今までの経験が悪すぎた。石井が相手なら抱かれたいのに、身体が怯えている。また痛くてつらいことをされるのかと思うと、震えが止まらなくなる。怖くて、呼吸すら浅くなっていた。

「泣かないでください。槇ナース」

石井が槇の頬をつかみ、そっと顔を寄せてくる。

唇と唇とが触れただけで、槇はそこから広がる戦慄に震えた。

眠っていた感覚が一気に覚醒していくようだった。

鷲田とするキスとは違う。鷲田とはキスをされても、身体に触れられても不愉快なだけだった。しかし、愛しい男とするキスは、それだけで槇を溶かす。

唇の隙間《すきま》から舌が入りこんでくる。口腔内《こうくう》を舌でかきまぜられている最中に、石井と頬や吐息が触れることにもたまらなく興奮した。額から頬にかけて手のひらで包みこまれているのが、嬉しい。

唇が離れ、重ねられるたびに、槇はますますキスに夢中になっていく。

唾液《だえき》があふれ、唇からしたたった。

――好き。

唇が蠢《うごめ》くたびに、身体だけの純粋な存在に自分がなっていくような気がする。与えられる刺激に反応し、口腔内を蠢く唇のことしか考えられなくなっていた。

今までの自分は、何だったのだろうかと思う。まったく感じなかったのが嘘のように、槇の身体は石井からの刺激の一つ一つを受け止め、快感に変えていく。

口づけを続ける石井の手が胸元に落ち、ナース服の生地の上から、乳首をそっと指先で

なぞった。

円を描くように刺激されただけで、身体の奥まで快感がゾクゾク響く。

布地の下で、小さな乳首が少しずつしこりはじめる。

初めての快感をもっと拾い集めて感じたくて、槇は集中するために息を詰めた。

「ここ、いいですか、槇ナース」

石井の指が乳首をつまみ、少し引っ張っては放す。それを繰り返されるたびに、乳首からジンと痺れるような快感が広がる。信じられないほどの甘い感覚は、石井が初めて与えてくれたものだ。

「……いい」

かすれた声で、槇は答えた。

こんなふうに流されてはいけない。石井に抱かれてはいけない。抱かれたら、鷲田の罠に石井を巻きこむことになる。そう思うのに、甘い感覚から逃れきれずにいた。石井がくれた快感をもっともっと感じてみたい。

「つぁ！」

ご褒美のように、乳首を強めにひねられた。

ぞくんと脳天まで伝わるハッキリとした感覚に白いのどをそらすと、唇の端から唾液が流れた。さっきまでのように曖昧ではない、痺れるような痛みと快感に思考力が薄れていく。

体内で生まれはじめた官能をもっとしっかり覚えていたくて、槇は両手で石井の顔を包みこみ、胸元に導いた。

「もっと……して…っ」

たどたどしく幼児が歩くことを覚えるように、槇の身体は快感を学習し始めていた。

ずっと自分は、まともに感じることができないのだと思っていた。なのに、石井から与えられる刺激はこんなに嬉しい。石井の愛撫に応えることができて、幸せでならない。

槇が思わず口走った言葉に、石井は甘くささやいた。

「服の上からがいいですか？　それとも、直接？」

想像してみただけで、身体がすくみあがりそうになる。石井の指が直接そこに触れたら、どんな感じがするのだろうか。

「……ちょく……せつ」

ガクガクと膝が震えて、立っていることすら危うくなってきた。そんな槇の腰をつかんで、石井は仮眠室のベッドに導いた。

膝立ちにさせて、その正面に石井が身体を置く。

ふと視線を下げると、ナース服の裾《すそ》が腿の付け根ギリギリまで石井の手でまくり上げられていた。白い太腿に、白いガーターが扇情的《せんじょうてき》に映える。

めまいがするほどの猥雑《わいざつ》な姿だった。

全身が灼けるような感覚に耐えながら、槇は石井を見る。石井はまだそちらにはあまり触れる気はないらしい。

「直接、胸をいじりますから、よくいじれるように出してください」

槇は甘い誘惑にかられ、震える手でボタンが外れたナース服の前を自分で開いた。それだけでは、石井は動かない。

「指がいいですか？　それとも、唇？」

唇で含まれることを想像しただけで、身体の芯のほうが熱くなった。

石井の唇に誘われ、槇は赤ん坊に乳を含ませるように、小さな突起をその唇に寄せていく。

「……あっ！」

途端にしゃぶりつかれた。

ぞくぞくと背筋を痺れが走る。全身の毛が逆立つほどの快感があった。

めまいすら覚えて、槇は首をのけぞらせ、息を乱す。

「敏感ですね。こんなにいやらしい身体を、ずっとあなたは白衣で隠してたんですか」

乳首を軽く舌先で押されただけで、甘酸っぱいような痺れが全身にじわりと広がった。

軽く乳首を唇で挟まれただけで、甘い声が漏れてしまいそうになるほど感じる。

——やらしいって……。

感じない身体より、感じすぎるほうがいい。石井につまらなく思われるよりは、恥ずかしい姿をさらけ出したい。

こんな状況ですら、石井に愛されたいと願う自分を、槇は心の中で笑う。

石井は乳首を含んだまま、なぶるように尋ねてきた。

「舐《な》めるだけでいいですか。それとも、吸ったり、噛んだりされるのも好きですか、槇ナース」

「……わか……んな……っ」

そんなことをされると想像しただけで、頭に血が上る。

まともに答えられなかったのに、石井はそこを吸って、噛んで、舌の先で転がしてきた。

その刺激が走るたびに、槇は息も絶え絶えにあえいだ。

ようやく唇が離される。

槇は全身に響く快感を届けてきた乳首を見下ろした。

清楚《せいそ》な色をしていた乳首はぷっくりと淫らに尖って唾液に濡れ、吐息にすら反応しそうなほど張り詰めている。

「いやらしいですね。こんな、ちっちゃな粒なのに」

石井の唇と舌が、敏感な乳首をまたそっと嬲《なぶ》った。

次に石井の視線が、槇の太腿に落ちる。

ナース服の裾が性器をギリギリ隠すぐらいにまくれ上がっていることに気づいて引き戻そうとすると、その動きを石井が阻止した。

「めくってください」

「……っ」

「白衣の上からでも、勃ってるのがわかりますよ。そっちも、そろそろいじられたくてたまらなくなったでしょう。そこもいじりますから、下着を脱いで外にさらけ出してくれますか」

石井は、槇の乳首を指で転がしながらささやく。

自分から脱ぐのは恥ずかしかった。しかし、命じるのに慣れた医師の声で言われると逆らいきれない。槇は快感にボーッとしたまま、震える指先に下着を引っかけた。膝まで落とす。それから、片足ずつくぐらせて脱いだ。

ガーターストッキングとガーターベルトはそのままだ。

「ほら。もう形が透けそうですよ。槇さんのそこが、どんなふうになっているのか、見せてください」

恥ずかしかった。全裸の姿を見られるより、こんなふうに半端に白衣を乱しているほうがよっぽど恥ずかしい。

しかし身体の芯が疼いて、石井の要求を拒否できない。

感じている姿を見せることが、槇にとっての愛の証だった。

石井にはこんなに感じるんだと、知って欲しい。他の男で感じないことなど石井が知るはずもなく、単に淫乱《いんらん》だと思われるだけだろうが、それでもかまわなかった。

槇は一瞬ためらったあとに、膝立ちの姿のままナース服の裾をつまんで下腹部をさらけ出した。

「……っ」

蛍光灯のあかりの元に、槇の熱くなった性器が剥き出しになっていた。刺激を求めて、先端から透明な蜜をあふれさせ、脈打ついやらしい形のものが。

「エロいですね、槇さん。ちょっと触っただけなのに、こんなになってしまいましたか。ここには、まだ触ってないのに」

石井は閉じられないように槇の腿をつかみ、その足の間に顔を近づけてきた。あまりに猥雑な姿に、槇は震える。

「……っぁ」

――舐められる……！

敏感な先端と舌とが触れた瞬間、槇は悲鳴に似た声をもらして、のけぞった。

反射的に逃れようとしたが、しっかり腿を押さえこまれていてかなわない。

一番敏感な先端部を舐めしゃぶられ、そのたびに石井の唇の中で性器がさらに硬く熱くしこっていく。ガクガクと腰が震え、あえぎが漏れた。

「つあ、あ、あ」

――すごい快感……。

先端からあふれる蜜ごと、音をたてて先端をすすられ、唾液をまぶされ、舌を這わされていく。

すっぽりくわえこまれると、快感が強すぎてズキズキと痛いぐらいだった。

「気持ちいいですか、槇さん」

しゃぶりながら、石井が尋ねてくる。快感にのたうつ槇は、返事すらすることが困難なほどだった。

石井の指が槙のナース服のポケットに伸びて、そこに入っていたものを抜き取っていく。医療用のオリーブオイルの小瓶だ。それでべたべたに濡らされた指が、槙の身体の奥に忍ばされる。

「……っひ……」

槙の身体が恐怖にすくみ上がる。そこでは、痛みしか覚えたことがなかった。

しかし、奥まで貫いていく石井の指からは、まだ痛みは感じられない。

それでも、驚きと不安に全身がこわばり、中がきつく締まってしまう。

「大丈夫ですから」

反射的に拒もうとする身体をなだめるように抱きしめながら、石井は性器への愛撫《あいぶ》を続けた。

先端を生暖かい舌が這い、ちゅっと吸い上げられる。同時に、体内にある指をゆっくり出し入れされる。

指が動くたびに、びくびくと腿が反応するのが止められない。

なだめながら、石井は少しずつ槙の身体を拓いていく。

後ろを指でいじられるときには、泣き出しそうな恐怖しか感じたことはなかった。

それでも、今はそれほどの拒絶はない。

自分の身体がどうなっているのか、槇にはわからなくなっていた。

性器からの快感と、後ろをいじられる不快感が混じり合い、感覚までぐちゃぐちゃに掻き回されているようだ。

「あ……」

ねっとりと性器を舐め上げながら、石井の指が中で大きく動いた。

指の付け根まで押しこまれ、奥まで探られる。襞をかき混ぜるように、指が中で円を描く。ぐっと、襞《ひだ》が押し広げられ、刺激され続ける。

槇はただ、その感覚に耐えていた。ナース服の裾を自分でずっとまくりあげていることに気づいたが、姿勢を変えられない。指に力がこもって、ぶるぶると震える。息を詰めて、石井の指を飲みこむのに耐える。

石井が指を動かすたびに、いやらしい濡れた音がした。自然に濡れるはずがない器官をぐちゃぐちゃに濡らされて音を立てられると、自分の体内が潤《うるお》って濡れたような錯覚すらこみあげてきた。

——嬉しい。

痛くないのが。石井が槇の身体を丹念に濡らしてくれるのが、涙すらあふれそうな幸せを呼び起こす。好きな相手と身体を合わせることは、これほどまでに甘いものなのだ。

「ん、……っ、ぁ……っ」

「奥のほうが好きですか」

突き刺した指で、浅い部分と深い部分を交互に刺激しながら、石井が尋ねてきた。言われてみると、そんな気がする。

あえぎながら槙がうなずくと、さらにそこを集中的に刺激された。

「もう一本、入れますから。痛かったら、言ってください」

石井の声に、槙は不安を覚えて震えた。それでも、拒めないほど中は熱く溶けている。

ぐっと中を開かれて、槙は白いのどをのけぞらせた。

中が石井の指にきゅうきゅうとからみつく。中で二本の指をからめるようにして掻き回されるたびに、槙はせわしなくあえいでしまう。

指が動くたびに、切れ切れに絶頂に達しているような気がするほど、今まで知らなかった愉悦に身体がさらわれていく。石井の指が深くまで槙を突き刺し、手のひらごと下から揺すり上げられると、それに合わせて腰が揺れた。

さらに三本目の指を入れられた。

「つん、……っぁ、あ！」

中がギチギチになり、襞がいっぱいに広がった。これ以上は無理なほど押し広げられて、槙は悲鳴をこらえる。

めまいがした。

だけど、思っていたほど痛みはない。

膝が揺れ、襞が自分の意志とは関係なく、ねじこまれた指にひくひくとからみつく。襞はちゃんと手順を踏めば、それなりに開くものらしい。槙はそれすらしてもらったことがなかったのだ。

いつの間にか、性器への刺激はなくなっていた。それでも、中を指でいじられているだけで快感を覚えている。

三本の指にぐちゃぐちゃと絶え間なく突き上げられて、槙は今まで体験したこともない、強い悦楽に震えた。

——イき……そう……！

性器での快楽とは違う、身体の奥底から昇りつめるような感覚に、槙の背筋が反り返っていく。

そのとき、石井の手が中から抜き出され、腰をつかんでさらに引き寄せられた。

足を大きく割られ、石井の腰の上に乗せられる。下から性器を押し当てられ、ねらいを定められた。

——怖い……。

槇は息を呑んで震える。それでも、石井がしたいのならば、この身体を引き裂いてもいい。痛くても、つらくても、石井が相手なら耐えられる。

そのとき、石井の声が聞こえた。

「愛しています。槇ナース。あなたとこうすることを、ずっと夢に見ていた」

一気にねじ込まれる。

「……っん、ああ……っ！」

槇の細い腰が、大きく跳ねた。柔らかい襞を押し広げて、容赦なく巨大な性器が入ってくる。それをくわえこんでいく途中で、槇は今まで味わうことなどなかった強い絶頂に押し上げられた。

「——っ……！」

快楽の波は高くて、なかなか去らない。目の前が真っ白になって、痙攣《けいれん》が何度も身体を走り抜ける。

そのたびに槇は、悲鳴と甘いあえぎ声を漏らしながら、体内にある石井の楔《くさび》をキリキリと締めつけた。腰が揺れ、その存在感を嫌というほど思い知らされる。だけど、苦痛はなかった。より興奮が増し、悦楽に意識がさらわれていく。

あまりの快感に、ほとんど動けなくなった槙の腰をつかんで、石井はそのまま貫いていく。

いくら逃れようとしても、この絶頂の最中ではままならない。ますます深く貫かれ、体内深くに入りこんでくる楔の熱さにあえぐ。

槙は浅く呼吸を繰り返した。ようやく絶頂のとんでもない波が去り、全身が脱力していた。

それでも、深くまで入れられている状態では、落ち着けない。くわえこんでいるだけで、襞がひくひく蠢いて、身体の奥から快感がこみあげてくる。

石井は槙を貫いたまま、動こうとはせずに乳首に吸いついてきた。ねっとりと唇をすぼめて吸われ、舌の腹を押しつけられるように舐め上げられる。

「……っ」

ジン、と痺れが広がった。

唇から吐息があふれ、石井のものを入れられている部分が大きく蠢いた。軽く乳首を噛《か》まれると、脳天に突き抜けるような刺激が走る。

打ちこまれた性器が、ひどく熱い。身体がそこから溶けてしまいそうな快感があって、腰が少しずつ動いてしまう。

石井が、煽《あお》るようにささやいてきた。

「欲しくなったら、動いてください」

乳首の尖りきった弾力を味わうように唇と指でいじられると、ますますじっとしていることができない。腰を揺すり、襞がこすれる感覚をおずおずと味わう。

いやらしいとか、あさましいとか、考える余裕などすでになかった。

石井が槙の肉の薄い臀部《でんぶ》をつかみながら、下から突き上げる動きを少しずつくわえていく。

「……ん……っん、……っんん……っ」

大きな性器が襞を強く摩擦して入りこんでくるたびに、槙は全身が蕩《とろ》けるような快感に震えた。

――こんなのは、知らない……。

性器は今までの槙にとって、凶器でしかなかった。

無理やり、槙の狭い孔を引き裂いて入りこんできた。突き上げられるたびに槙は悲鳴を上げ、苦痛に打ちのめされた。なのに、同じものがどうしてここまで快感を与えることができるのだろうか。

槙は両手を石井の首に巻きつけ、すがりついた。

深くまで突き上げられ、中の襞を引き出すように抜き出されるたびに、全身が揺れる。しっかり腕に力をこめていないと、自分がどうにかなってしまいそうだった。

石井の形に押し広げられた部分から、濡れた音が漏れる。繰り返しリズムを刻まれる。それに合わせて、槇も少しずつ動きを覚えていく。

逆らおうとすることなど考えられないほどの、圧倒的な快感があった。

強く突き上げられ、石井の腕の中で槇は乱れていく。与えられる快感が愛情のような気がして、どっぷり浸ってしまう。何も考えられない。深くまで突き刺す性器に完全に支配されて、翻弄《ほんろう》される。

槇は石井にしがみついて、身体をガクガクと痙攣させた。次の絶頂が近い。

涙がにじみ、開いたままの唇の端から唾液もあふれ、快感で目の焦点すら合わない。

槇の状態を読み取ったのか、石井の動きが、さらに早くなった。

細い腰骨の左右をつかまれ、抜き出されそうなほどギリギリまで引き出されては、ぐっと一気にはめ込まれ、円を描くように動かされる。張り出した先端が奥深くまで掻き回し、そこにひどく感じるところがあって、槇の内部が痙攣した。

抜き出すことができないほど、強く締めつける。

とうとう、最後の堰《せき》が破れた。

「あぁ、ぁっ！」

大きく痙攣が走り、全身が硬直する。

気が遠くなりかけ、体内に石井の精液を放たれるのを感じながら、槙も放出していた。


ようやく息が整ってきて、槙は石井の上から腰を上げた。ゆっくりと、入りこんでいたものを抜き出され、その感覚にも身体の奥が痺れる。

襞がただれて、灼かれたような感覚が残っていた。

まだ完全には閉じきらない小さなつぼまりからあふれた白濁が、槙の腿の内側を伝ってしたたり落ちていく。

脳が痺れるような、どろりとした感覚があった。

槙はふらつきながら、立ち上がろうとした。

その動きによってまた中からあふれ出したものが、腿を流れ落ちる。

着たままの制服は、お互いの体液や汗でぐちゃぐちゃに濡れていた。

しかし、槙は立ち上がることができずぺたんとベッドに座りこんだ。呆然と息を整えるばかりだ。強い快感の余韻がなかなか去らず、腰がろくに立たなくなっていた。

そんな槇の腰をつかんで、石井が引き寄せる。

「……な……っ」

「まだまともに歩けないくせに、無理して逃げなくてもいいですよ」

ベッドに押し倒され、足を大きく開かされる。

真っ赤に充血したままのようなそこにまた固いものを打ちこまれ、腿が震えて石井の腰を挟みこんだ。

「まだ足りないでしょう」

ささやかれ、槇の中で石井のものが動いた。

襞を巻きこむように性器が抜き出されていくと、ひくひくと襞がからみつく。返す動きで奥まで送りこまれ、背がのけぞった。

注ぎこまれたもので、中がひどくぬめる。快感ばかりが強調されるような摩擦は、さっきまでのものとも違っていた。甘すぎる悦楽に、あえぎを抑えることができない。

「うぁ、あ、ぁ、ぁぁぁ……」

抜き出されるたびに、中からごぽごぽと白濁《はくだく》が掻き出されていく。双丘の狭間から尾てい骨を伝って、ベッドに流れ落ちる。ひどく落ち着かない淫らな刺激だった。

底なしの悦楽に巻きこまれ、ひどく過敏になった襞をえぐられるだけで、また達しそうになる。

疲れを知らないような太く脈打つものでうがたれ続けると、頭の芯が焼き切れそうだった。

呼吸すらままならず、槇はすすり泣くような声で訴えた。

「つ、めろ…休ませ…ろ……こんな——」

石井に抱かれるのがつらい訳ではない。快楽が強すぎて、それが耐えがたいのだ。

「ダメです」

石井は非情につぶやき、べっとりと汗に濡れた槇の髪を掻き上げた。

「あなたが俺のものだと、この身体に刻みこみます。俺から、離れられなくなればいい」

「つぁ、あ！」

強く襞に性器を押しつけられ、触れられるだけでイってしまいそうな場所を探り出された。

ほんの小さな部分だ。しかし、そこを擦られただけで、もの凄い電流に身体が痙攣するのを抑えられない。

そこばかりを集中的に刺激され、たまらなく強い快感に、がくがくと腰が動いた。唾液が吹きこぼれ、槇の口はだらしなく開いて、はしたない声を漏らしてしまう。

――助けて。

強すぎる悦楽は、苦痛ともなる。

それでも、罰を与えて欲しかった。石井が死んだと思って寂しさに負けた自分を、狂おしいほど罰して欲しい。石井から求愛された思い出を守りつづけることもできず、あさはかにも他の男に抱かれて穢《けが》れた自分を、とことんまでいじめて欲しい。

――だけど本当は、助けて欲しい。

鷲田にとらえられて、茨《いばら》の城に閉じこめられた自分を。

王子様みたいに。

過ぎた望みだと自分で自分を笑いながら、それでも願う。石井の足を引っ張りたくない。そのためには、石井は自分と関わらないほうがいい。できるだけ石井とは距離を空けるつもりなのに、それでも心が叫ぶ。

――好き……。

大好きな人に抱かれているというのに、キリキリと胸が痛かった。

石井に抱かれた後、槇はぐっすり眠った。夢も見ずに、こんなに深い眠りをむさぼったことは、久しくない気がする。

仮眠室で目覚めたときは、一人だった。石井は勤務に戻ったのだろう。身体は綺麗に清められていて、枕元には汚したものの代わりにＶＩＰ病棟の新しい制服がひとそろい置いてあった。

槇はゆっくり身体を起こし、全裸の身体をてのひらでそっとなぞる。全身に残る虚脱感と罪悪感に、短く息を吐き出した。

――石井に抱かれた……。

氷のような冷感症だった自分が、あれほど快楽を覚えられたのが信じられない。どこもかしこも潤って、皮を剥《む》かれたばかりの皮膚のようにみずみずしく敏感になっている。新しく生まれ変わったような気分だった。

槇はそっと自分の身体を抱きしめ、息を漏らす。

幸せを感じた。セックスは苦痛ではなくて快感だと、石井に教えてもらったことが嬉しくてならない。胸にぬくもりが広がって、笑みが浮かぶ。

しかし、幸せが続いたのは、ほんの短い間だった。

槇は石井がそろえてくれたユニフォームを身につけ、廊下に出る。仮眠室の隣にシャワールームがあったが、寮に戻ってから浴びようと思った。

石井に抱かれた痕跡《こんせき》を、少しでも全身に残しておきたい。

余韻を感じながらも、凛とまっすぐに背を起こし、槇は着替えのためにロッカールームへと向かう。

しかし、VIP病棟の廊下を横切った後輩の行動に、ふと引っかかって引き留めた。

「坂梨《さかなし》くん」

目の前をナースが、醤油《しょうゆ》を持って歩いていくところだった。

「あ。槇さん。あれ。今の時間は勤務外ですよね？」

坂梨はまだ二年目の若いナースだった。ぷっくりとした柔らかそうな頬と、切れ長の瞳をした癒し系の可愛い男性だ。ミニのコスチュームがよく似合っている。

槇は勤務外という質問には軽くうなずいただけで受け流し、坂梨が手に持っていたものを指摘した。

「どこ持っていくんだ、それ」

配属された当初は頼りなくて、始終先輩ナースから叱られていた坂梨だが、最近はだいぶしっかりしてきた。

それでも、少し目を離すとミスをしかねない。気になるたびに、問いただす必要があるのだ。

「岡田《おかだ》さんが醤油持ってきてくださいって」

「岡田さんは、減塩食だろ」

坂梨はハッとしたように、切れ長の大きな目を見開いた。

「そうでした、すみません」

しょぼんとしてから、坂梨は好奇心たっぷりな瞳を槇に向けた。

「何だ？」

「何か、いいことありました？」

「え？」

「槇さん。いつもよりすごく綺麗に見えますよ。表情も、なんだか優しくて」

愛された後の身体が、潤っている感じがあった。

それが表情にも出ているというのだろうか。

槇は狼狽《ろうばい》して、ことさら冷ややかな表情を作った。

「バカなこと話してないで、すぐに勤務に戻れ」

「は、はい」

坂梨はびくんと肩をすくめてから、あわてて仕事に戻っていく。その可愛らしい表情と姿を見守ってから、槙はロッカールームへと向かった。

――いいことがあった、か。

そんなふうに他人の目からも見えるのだろうか。

エレベーターを待ちながら、槙はその横の鏡に映った自分の顔を眺める。

すらりと長身の、ナースの姿。

少し乱れた漆黒の黒髪が白い輪郭を強調し、長いまつげで縁取られた切れ長の瞳は、まだとろりと濡れていた。噛みしめすぎた唇はいつもより赤く、雪白の肌が情欲の名残のようなものを宿している。

見てはいけない自分の姿を見てしまったような気がして、槙は視線をそらせた。

カッと頬が火照る。

まだこの身体は奥に、石井に抱かれた証を残しているのだと思うと、恥ずかしさの中にも嬉しさがにじむ。

そのとき、不意に低い声が浴びせかけられた。

「ご機嫌だな」

ビクッと肩が震える。

その声が誰のものなのか、すぐに分かった。

エレベーターホールにたたずむ長身の白衣姿。窓からの光を眼鏡がきらりと反射して、表情の乏しい整った顔立ちは、まるで作り物のように見えた。

「どうした？　もう石井には抱かれたか」

その言葉が槙の幸福を乱す。

鷲田よりもずっと、石井が快感を与えてくれたと、怒りのままに言い返したい。

しかし、槙は怒りを抑えこみ、冷ややかな表情を取り繕った。

この状態では抱かれたのを隠せないとしても、槙が石井のことが本当に好きだということを知られてはいけない。

知ったら邪魔される。嫌がらせをされる。それどころか、他に何か決定的に石井を陥れるような提案さえしかねない。

鷲田には、槙が命じられるままに嫌々石井に抱かれていると思われているのが一番問題がないように思えた。

「――お言いつけのままに」

いつも鷲田に接するときと同じく、冷ややかな拒絶を全身に漂わせながら、槙は答えた。

こんなところで鷲田と顔を合わせてしまったことを、後悔していた。

しかし、鈍い坂梨ですら感じ取れる槇の変貌《へんぼう》に、鷲田が気づかないはずはない。槇の顔をじっとのぞき込み、興を引かれたように残酷な瞳を細めた。

抱かれた苦痛や屈辱を残しているのではなく、槇の顔が艶めいていたのが気になったのかもしれない。

「何をどうされたのか、調べてやる。報告に来い」

槇の都合などまるでお構いなしに、ちょうどやってきたエレベーターに肩を押しやられる。

そのまま、オペ室へと引きずりこまれた。

脳外科副部長の鷲田は、脳外科でよく使ういくつかのオペ室の管理を任されているらしい。

勝手知ったる様子で鍵を開いて中に入る。

いつ、誰が来るかわからない部屋よりも、邪魔の入らない場所として選んだのかもしれない。脳外科が管理するオペ室では、救急と違っていきなりのオペの予定が入ることはまずない。

広い部屋の中央には、人一人が寝ころべる大きさの手術台があった。

その手術台に問答無用で上体を押しつけられる。くの字に身体を倒すと、ただでさえ短いナース服の裾があがって、お尻《しり》のギリギリぐらいまで太腿が露出してしまう。

さらに裾を一気にめくり上げられて、下着で隠されたなめらかな臀部が露出した。

「――っ……なにを！」

あまりの恥ずかしさに、槇は身体を強ばらせる。身体を起こそうにも、強い力で肩胛骨《けんこうこつ》のあたりを押さえつけられているから、かなわなかった。手術台のあかりがつけられ、まぶしいほどの光が真上から浴びせかけられる。

「この身体で、石井を籠絡《ろうらく》したのか」

常に淡々としている鷲田の声に、かすかな怒気が滲《にじ》んだ気がした。

愛情を感じさせたことなどないくせに、こんなときだけ独占欲を剥き出しにするのは、石井が欲しがったことで、子供のように急に惜しくなったに過ぎないのだろう。

槇をその姿にさせたまま、鷲田はすばやく手術用のラテックスの手袋をはめる。それから、槇の下着に手をかけた。

メスで切り裂かれる。

濡れた狭間が丸見えだった。明るいからなおさら、暴《あば》かれた部分を意識してしまう。まぶしいほどの光に照らし出されたそこから、注がれた白濁があふれていないか、気になった。鷺田の手袋の指先が、躊躇《ちゅうちょ》なく中に差しこまれる。

「……っ」

腿が震えた。

襞はまだ濡れて、柔らかく鷺田の指を迎え入れた。いつものように悲鳴を漏らさない槇の反応に、鷺田は不審を覚えたらしい。指で襞をなぞってくる。

「濡れてるのか、ここは」

鷺田の指に、襞がからみつく。まだ熱くて、濡れているようだった。

指が抜かれ、代わりに金属らしきものが後孔に押し当てられる。

それが何なのかは、その後、ゆっくりと押しこまれているときにわかった。

「……ひ……」

襞に直接、金属の冷たさが伝わる。槇の身体が強ばった。

深い部分まで十分に挿入したところで、中で器具のネジが回された。

かすかな振動とともに、槇の体内に埋められたペリカンの口のような部分が、左右に押し広げられていく。

した。

――クスコだ……。

女性の膣《ちつ》などを観察する器具だ。体内が押し開かれ、襞に直接外気を感じたような気がした。

鷲田の手は止まらず、どんどん槇の中は開かれていく。

「……っもう、止めて……ください……っ」

あまりの恥ずかしさと痛みに、槇は手術台の上でギュッと両手をにぎりしめ、声を上げた。

ようやく器具は止められたが、ぱっくりと中の肉を開かれたままだ。鷲田がペンライトを取り出し、開かれた中を照らした。

いやがおうにも、さらけ出された襞を意識する。

ただ広げられているだけなのに、襞が奥の方までひくつきだすのがわかった。

「ここに、注がれたか」

金属のヘラのような器具が体内に差しこまれ、襞をえぐって抜き出される。背筋を冷たい戦慄が伝う。

石井に抱かれるまでは、鷲田にこんなところをいじられても、感じることはなかったはずだ。死にそうに恥ずかしくて、痛くてつらくはあったが、それだけだった。

なのに、今はどうしようもなくそこが疼いてくる。

ペンライトで隅々まで照らされ、中に直接視線を感じたような気がして、ひくりひくりとクスコを押し返すように襞がうごめいた。

「どうした？　えらくひくついているようじゃないか」

さらに槙の中を開こうと、ギリギリとクスコが動かされていく。裂けそうに広げられて、槙はあえいだ。

「……ついた……っ、もう、やめて……くださ」

とんでもなく開かれている。

呼吸をするだけで、冷たい戦慄が走るほどだ。

鷺田の指が中に入れられ、限界まで広げられた襞を確かめるようになぞった。

「っひ……！」

槙の腰が、その刺激に跳ねる。

半泣きで、ただじっとしていることしかできなかった。

「たっぷり注がれているな。奥の奥まで。この量は、一度だけではないだろ」

開いた体内を金属のヘラで中を掻き回されると、その不規則で独特の刺激に、ぞくりとする感覚が広がった。

答えないうちはその手を止めてくれそうもなくて、槇は上擦る声で答えた。

「——何度…か」

「正確には、何度だ？」

丸く加工された金属のヘラの先が、襞の感じるところを撫でる。甘い吐息が漏れそうになって、槇は唇を噛んだ。

——感じてると、知られてはいけない。

槇の身体が、今までと違ったと知られたら、たぶん嫌なことを言われたり、興味を覚えて犯されたりするだろう。だから、何でもないようにふるまわなくてはいけない。石井以外には抱かれたくなかった。

「二度です。……たぶん……」

「二度も出させたのか」

襞の中で、ヘラが感じるところを探り当てた。どうしても、槇の腰がビクンと動く。

すると、鷲田は集中的にそこを弄んできた。

「ッぁ……」

硬い金属が、襞をひっかく。

あらゆる動きで、槇の中を掻き回す。

槇は震え、懸命に反応を抑えこもうとした。

それでも、襞のひくつきが抑えられない。

身体中が溶けそうで、快感が腿から爪先《つまさき》まで走り抜けていく。

「何だ？　めずらしく感じてるのか、おまえは」

金属のヘラは抜き出されたが、クスコをいつまでも外してくれない。

鷲田がチューブを取り出し、ラテックスの手袋の指先に絞り出しているのがわかった。

「だったら、特別に薬を塗ってやろう」

鷲田の指が、槇の襞に薬を塗りつけていく。

軟膏《なんこう》独特のぬめった感覚を、そこで感じる。指が襞をなぞるたびに、槇の腰は震えてしまう。

即効性らしく、鷲田の指の触れているところが熱くなってきた。じわじわと、襞が薬を吸収していくのがわかる。

襞がカッと熱くなる。ぞくぞくと感じて、襞が懸命につぼまろうとするのがわかった。

「どうした？」

鷲田が楽しげに笑う。

薬を指で塗られるたびに、槇の口から乱れた息が漏れてしまう。

そんな槙を弄ぶのが楽しくてたまらないらしい。

薬をからめた指が襞をすべるたびに、槙の腿は震えた。すべての神経が、器具で無惨に広げられているそこに集中しているようだ。

鷲田の指の動きに翻弄される。鷲田になど感じさせられたくないのに、強烈な感覚に支配され、抵抗できない。

「感じてるなら、感じてるって言ってみろ」

言われて、槙は唇を噛みしめた。

──言えない。

言いたくない。感じるのは石井が相手のときだけだ。こんな男に身体をいじられて、安っぽく感じるなんて言いたくない。

息が出来ないほど、苦しくなっていた。広げられたままの孔が物欲しげにひくひくと蠢いている。本当は奥のほうまで疼くこの襞を掻き回して欲しくてたまらない。

それでも、心まで支配されたくなかった。

必死で唇を噛みしめていると、鷲田が槙からようやくクスコを外す。

それから、手術台に槙の全身を引っぱり上げて、仰向けに固定し始めた。

「やめて……ください……っ」

身体が重い。

腰の奥から身体が溶け落ちるような痺れがあって、ろくに抵抗することが出来ない。

産婦人科の分娩《ぶんべん》台などでなくても、一般的な手術台にも手足を固定するための牽引《けんいん》装置がセットできる。

両手両足をベルトで固定されて、槇は絶望にあえいだ。

大きく開いた足の奥からこみ上げてくる快楽にも耐えなければならない。全身が熱くて、汗が噴き出してきた。

「どうした？　気分でも悪いか」

「何を……塗ったんですか……！」

槇は切れるほど唇を噛み、身体の熱に潤んだ瞳で鷲田を睨みつける。

絶え間なくジンジンとこみ上げてくる快感は、無数の小さな虫に襞をちくちくと刺激されつづけているのに似ていた。かゆくて痛くて、そこを指で掻き回して欲しくてたまらなくなる。

「薬だよ」

「だから、なんの……薬ですか……っ」

張り詰めた緊張を解いただけで、このかゆさに耐えられなくなって、鷲田にでもすがってしまいそうだ。声も切れ切れにしか出せない。

それでも、槇は必死で平静を保った。

開いた足の奥から、体温に溶けたのか、濡れた液体がとろりとろりとあふれ出し、双丘の狭間を伝って手術台まで垂れていくのがわかった。

――触りたい。

ぐずぐずに溶けたようなその部分を、指でかきむしりたい。

それでも、槇は身を灼くような疼きに懸命に耐え続け、鷲田を睨みつづける。

「いわゆる、不感症に効く薬だな。まだ開発段階のものだが、どうだ、効くか？」

鷲田の指が狭間に突き立てられた。

ラテックスの指先と粘膜が擦れ合い、くちゃくちゃと濡れた音が漏れた。

「つぁ……っ」

かき混ぜられている間は、たまらないかゆさを忘れられる。

しかし、鷲田がすぐに指を抜き出したのは、ポケベルが鳴ったからだ。

鷲田はポケベルを止め、オペ室を出て行く。ガラス張りの向こうの小部屋から内線で電話をかけているのがわかった。どこかから呼び出されたのだろう。

すぐに電話を切り上げ、鷲田は一言だけ言い捨てて出て行った。

「急用だ。このまま、待ってろ」

槇の目が、驚愕《きょうがく》に見開かれる。

まさかこの格好のまま放置されるとは思っていなかった。しかし、鷲田は振り返ることなく出て行ってしまう。自動でドアが開き、外側からカードキーで施錠される電子音が、槇を絶望に投げ落とした。

——そんな……。

こんなに中が疼いているというのに、あとどれくらい放置されるというのだろうか。

手術台の上で、槇は身体をねじる。

しかし、こんなときの器具の頑強度はよく知っている。

中からこみあげてくる苦痛に似た快感に、槇は身体を何度となく痙攣させた。


どれくらい時間が経ったのだろうか。

数分、数十分、数時間。

槇には、まともな判断力はなくなっていた。

形のいい眉を強く寄せ、唇が白くなるほど強く噛みしめる。獣《けもの》めいているほど呼吸が荒く乱れ、こぶしを何度も握りしめた。

中の疼きは収まるどころか、時間の経過とともにますます強くなっていく。

どうしても我慢できなくて、動ける範囲で腰を振ってしまう。それでも、疼きはごまかせない。どれだけ淫らに腰を振っているのかすら、じきにわからなくなった。

全身がしっとりと汗で濡れ、唾液や涙が垂れ流される。

瞳の焦点すら合わなくなってきたころ、手術室のカードキーが電子音を立てるのが聞こえた。

自動でドアが開く。

槇はその方向に力なく視線を向けた。

鷲田が戻ってきたとばかり思っていたのに、そこに立っていたのは石井だった。

石井が手術台に近づき、どことなく怒りと軽蔑《けいべつ》を感じさせる眼差しで槇を冷ややかに見下ろした。

「ここで何をしているんです？　あなたは」

淫らきわまりない姿を見られる恥ずかしさに、槇の頬に朱が走った。

視線がちくちくと肌に突き刺さってくるような感じがある。この姿が石井からどのように見えているのか考えただけで、顔から火が出そうだ。

それでも身体を隠すことも姿勢を変えることも、槙にはできない。

「どうして、……おまえ、……こんな……っ」

「鷲田さんに、ここの鍵をいただきましてね。行ってみろ、と。まさか、こんな姿のあなたがいるなんて、予想もしていませんでしたが」

石井の端整な表情の下に、怒りが感じ取れるような気がした。

——鷲田が……！

しかし、どうしてそんなことをしたのか、槙にはわかる気がした。

槙に対する嫌がらせにくわえて、石井に槙の淫らな姿を見せることで、焚《た》きつけるつもりなのだろう。

男には征服欲がある。槙が他の男のものだと知らせることで、逆に石井を槙に執着させようとしているのだ。

「いつも、鷲田さんとこのようなことをしているのですか。槙さん」

槙の足の間のほうの手術台に、石井は回りこむ。

狭間に手が伸ばされ、槙は反射的に身体を緊張させる。何かひどいことでもされるのかと身構えたが、石井の手の動きは慎重だった。

放置され、硬く勃起した性器を、手のひらでとらえられる。それが、何よりも槙の浅ましさを雄弁に物語るようで、槇は絶望へと投げ落とされた。

石井は先端のぬめりを指でなぞってから、軽く動かして刺激をくわえてくる。たまらない快感があった。思わず、槇は甘い吐息をもらす。

「……っ……」

「お好きなんですか、鷲田さんとこんなことをするのが」

身体の熱さとは裏腹に、心が冷えた。

鷲田にされるこれは、単なる辱《はずかし》めだ。好きなはずがない。しかし、槇を見下ろす石井の眼差しはあまりにも峻烈《しゅんれつ》で、槇はまともに弁明できなくなっていた。

——軽蔑……されてる……。

石井の目からは、今までの温かさも優しさも感じ取れず、侮蔑《ぶべつ》だけがあった。

そのことに、槇の心は切り裂かれる。

ひどいことをされるのも、心が血を流しそうなほど傷つけられるのも、慣れているつもりだったのに、それでも、槇の中で石井だけは別格だったのだろう。

槇は石井の眼差しをまともに受け止められなくて、硬く目を閉ざす。

石井の指が、槇の濡れた後孔をなぞった。

それだけで、身体の奥が熱くなる。薬を塗りつけられたところがひくついて、その指を奥に誘いこもうとうごめき出す。

それでも、槇はそんな身体の反応を必死で我慢し、隠そうとしていた。

「ここ、……何か入れて欲しいんですか。昨日、あんなに抱いたのに、それでも物足りずに、鷲田さんをくわえこもうとしていたんですか」

「おまえ……には、関係ない……」

早く出て行って欲しかった。鷲田にこのように辱められた姿を石井に見られるのは耐えられない。

見られれば見られるほど、自分が地に堕ちていくような気がする。

しかし、その言葉が石井を意固地にしたのかもしれない。

疼いていたそこに、何か硬いものが突き立てられる。

「んっぁ……！」

悲鳴に似た声が上がった。

ずっと欲しくて熱く疼いていたところに与えられた刺激に、ぎゅうっとそれを締めつけてしまう。

石井はそれで、槇の中を掻き回した。

指よりも太い長い金属だ。それで深い部分までぐちゃぐちゃとかき混ぜられる。

「つく、ぅ……」

たまらなかった。

頭が真っ白になりそうなぐらい、快感だけがこみ上げてくる。拘束された手足がガクガクと震えた。腰も揺れそうになる。

「誰に抱かれても、あなたはこうなんですね。大した淫乱だ。相手が誰でもいいんですか」

石井の声に、槇は歯を食いしばった。

感じてはいけない。こんなふうに感じさせられるのは、あまりにも自分が惨めだ。

必死で、嬲られている部分から意識をそらそうとする。

それでも、感じたくなくても感じてしまう。性器がさらに硬く張り詰め、どくどくと脈打つ。襞が蠢いて、より刺激を受けようと体内の異物にからみついていく。

太腿が小刻みに震えていた。

「ペンライトじゃなくて、もっと別のものがいいですか」

まるであざ笑うかのような口調が、槇の心を引き裂いた。

――ペンライト？

入れられているのはそれだったのだと、槇はようやく気づく。

鷲田が槇の中をのぞき、そのまま放置していったのかもしれない。だとしたら、同じように置いてあったクスコも見られたのかもしれない。

あんなもので嬲られ、中をこんなふうに熱くさせている槇を、石井はどう思っただろうか。

――淫乱だ、と……。

石井がそう思ったのは当然だ。こんな姿で固定されて放置されても、槇の身体は鎮まるどころか、逆に熱く火照っていたのだから。

絶望が槇の胸を満たす。

悲しさと惨めさに、槇は追い詰められていく。

心の中に残った望みがすべて、失われていくようだった。これ以上、この快感に耐えることはできそうにない。暴走した身体の餓えを、どうにかして満たしてもらわなければどうにかなる。

本当は石井に、愛されたかった。

必要とされたかった。胸が引き裂かれそうなほど、石井のことが好きだ。

――だけど……。

他に男がいる槇は石井の恋人になることはできない。ここまで惨めな姿を見て、石井も槇には愛想がつきたことだろう。だったら、槇は石井の求愛をきっぱり断り、嫌われたほうがいい。

こんな姿まで見られたのだ。嫌われたほうが、槇のことで鷲田にからまれたり、足を引っ張られたりすることもないだろう。

だったら、徹底的におとしめられ、踏みにじられればいい。もう二度と、石井が自分を気にかけることがないように。鷲田が槇を使って罠をしかけようとしても、きっぱりと石井が拒めるように。

槇は快感に濡れた目で、石井を見上げる。

襞がひくつき、そこに熱いものを入れて欲しくてたまらなくなった。石井のために、拓かれた身体なのだ。きっと快感を覚えるのは石井が相手のときだけで、石井に嫌われたら槇はきっと、元のような冷感症に戻るのだろう。

蕩けそうな快感を覚えることができるのは、きっとこれが最後だ。

「……入れて……石井……。俺を、……めちゃくちゃに……深く…奥まで……」

淫らな誘惑の言葉に頬にカッと朱が走り、全身が火照った。最後まで言えないうちに、語尾がかすれて消える。

石井の表情が、かすかに強ばったようだった。

「鷲田さんを待たないでいいんですか。誰彼かまわず誘うぐらい淫らなんですか、あなたは」

冷めた目で見つめられて、槇は息を呑《の》む。

まっすぐに心まで入りこんでくる眼差しの持ち主だったのに、今の眼差しには屈折が感じられた。自分のことで石井につらい思いをさせているのだと思うと、胸に痛みが広がっていく。

「淫乱……だから……」

槇は声を口から押し出す。あえて、淫らに笑ってみせた。

見捨てて欲しかった。

息ができないほどに苦しいのに、心はもっと傷つけられることを望んでいる。石井から見放され、捨てられたい。愚かな自分には、石井を守る方法がそれしか考えられないのだから。

「誰でも……いいんだ。——犯して……犯せ……」

口走るのと同時に、槇の身体はいきなり貫かれた。ねじこまれてくる熱い楔の存在に、槇は固定されたまま、背筋を反り返らせる。

「っ……あ、……っ、石……井……！」

薬を塗りこまれ、焦らされていた槇のそこは、石井のを待ちかねたように迎え入れた。

それでも中の存在感はすごくて、熱をはらんだ襞からたまらない快感がこみあげてくる。張り出した先端部が、疼いていた襞を強く一気に擦りあげた。

その刺激に、槇は甘い吐息を漏らす。薬がすべりを助け、信じられないほどの衝撃が奥まで走った。

「ッ……」

力強く突き上げられて、槇の腰が淫らに揺れた。

快感が襞から脳天まで鋭く駆け抜け、満たされた思いが頭を真っ白に染め上げていく。突き上げられるたびに、びくんびくんと槇の身体が痙攣する。

内側から襞すべてを強く擦り上げていく性器が感じるところに触れていて、動かれているだけで悦くてたまらなかった。

襞を割り開かれる快感と、それを抜かれるときの襞のねじれるような激しい愉悦。

槇は目を潤ませながら、息を乱す。

焦らされ続けていた身体はもろく、すぐに激しい波にさらわれそうになる。恍惚《こうこつ》とした表情を浮かべていたのかもしれない。唾液を飲みこむ余裕すらなく、口の端を涎《よだれ》が伝っていく。

「そんなに悦いですか」

石井の動きが早くなる。

叩《たた》きつけられるような律動に襞がカッと熱く火照る。蹂躙《じゅうりん》されていく快感に、何もかもわからなくなっていく。

「つあ、あ、……つう、あ、あぁっん」

石井の動きはどんどんスピードを増し、動きの幅も大きくなる。塗りこまれた薬がぐちゅぐちゅと音を立て、縁からあふれていくのがわかった。それでも、中の滑りが悪くなることはない。自ら濡れてでもいるように、中が潤っていく。

身じろぎもままならないほど拘束されながら、槇はその一点でのみ石井を感じさせる場所に集中していく。

「お願い……っ、もっと、……ゆっくり……っ」

苦しすぎる悦楽の中で、槇は懇願する。

もっと石井を感じていたかった。終わりたくない。

貫かれるたびに腰が跳ね、肌が桜色に上気した。石井は激しく突き立てる動きを緩めないまま、唇を緩めた。

「痛いですか？　それとも、……感じすぎます？」

痛いほど感じすぎていた。

「イク……から……っ」

一緒に達したかった。石井のを体奥に感じたい。もつれそうな舌でそう言うと、石井は槇の張り詰めた性器を強く握りこむ。

「つう！」

じわりと重苦しいような痛みが走って、槇は眉を寄せた。

「イきたくないのなら、ここをくくっておいてあげましょうか」

鷲田が準備したままなのだろう。槇の性器の根元が、黒のゴムでくくられる。止血などにつかうゴムが、槇の根元をぐっと圧迫してきた。

「あ……っぁあ、……っく……ぅ」

生み出された苦痛に、槇は息を詰める。

しかしその鈍い痛みは砂糖の中にいれたひとつまみの塩のように、快感を増幅させるだけの効果しかもたらさない。

行き場を失った快感が、槇の腰のあたりで渦巻いた。

石井の許可なしには達することができなくなってしまったのだと思うと、熱い息が漏れた。体内の熱はたまっていくばかりで、一向に引く気配などない。

「つぁ」

突き上げられて、快感の許容量いっぱいだった身体は、思わず体内の石井を締めつける。背筋を痺れが駆け抜けた。

石井が腰を進めるたびに、もだえてしまいそうな快感が走る。

さらに、石井の手は槙の乱されていない白衣の胸元に伸びた。

「ここは、いじらなくてもいいですか、槙ナース」

白衣を、突起が押し上げている。

さきほどからずっと、かゆくてたまらないほどにしこりきっていた。

爪先から脳天まで走り抜ける快感に満たされながら、槙はかすれた声でねだった。

「そこも、……触って……」

鷺田が使っていたメスを石井が使って、布地を丸く乳首の部分だけ切り取られた。

そのあまりにも猥雑な姿に、槙は震える。

――そ……んな……！

白衣の胸元から、ピンク色に硬く尖った乳首だけが露出させられている。石井の視線を浴びせられ、それだけでも乳首はしこっていく。

石井がメスを手放さずに尋ねてきた。

「右だけでいいですか？　それとも、両方？」

わざわざ尋ねられるのが、恥ずかしい。

頬を真っ赤に染めながら、槇は唇を震わせた。

「ひだり……も……っ」

両方、恥ずかしい状態にされる。

ゆっくり突き上げられながら、石井の指が両方の乳首をつまんだ。指をすりあわせるように揉《も》まれ、さらにぎゅっと引っ張られる。

「つん、っく……っ」

乳首の嬲りと連動して、槇の襞もぎゅっと石井の性器を締めつけた。

爪を立てるようにしてかりかりと突起を刺激され、さらに貫かれる悦楽は強くなった。

「つん、あ……っ！」

槇の肌が赤く染まる。

痛いぐらいに尖った乳首を転がされ、引っ張られる。

根元を締め上げられた性器がズキズキと脈動し、いくら歯を食いしばってみようとしても耐えきれないほどの悦楽があった。

こんな状態が続いたら、どうにかなってしまうかもしれない。

それでも、石井にならば壊されてもいい。この身体の深くに、石井の跡を嫌というほど刻みつけておいて欲しい。そうしたら、独りになってからも、きっと我慢できる。

槇の瞳から、涙があふれてとまらなくなっていた。

絶頂に達せない苦しさと、心の痛みとが相まって、涙が止められなくなる。濡れた頬を、石井が指先でぬぐった。

今日初めての優しい仕草だ。槇は敏感に感じ取って、身体を震わせた。

「イきたいのなら、俺のことが好きだと言ってください」

ささやかれて、槇は首を振る。

その途端、乳首に痛みが走った。

「……っぁ！」

びくんと、大きく身体に痙攣が走る。

そんな槇を見て、石井は泣き出しそうな歪んだ笑みを浮かべた。もう一度ささやいてくる。

「言わないと、このままですよ。それとも、淫乱な槇ナースはこの状態のほうがいいんですか。誰にでも身体を許すぐらいなら、それくらい言ってみせてもいいでしょうが」

「いや……だ……っ」

頑なに首を振ると、また乳首を強く引っ張られた。

容赦なく指に力がこめられている。すぐに離してもらえず、槙は貫かれたまま、その苦痛から逃れようとびくびくと震えた。

「――絶対……いや……だ……っ」

涙が瞳の端からこぼれ落ちる。

それを、石井は鷲田への恋心ゆえとでも誤解したのかもしれない。

さらに叩きつけるように、腰の動きが早くなる。

たまらない快感が、槙の身体を駆け抜けた。

「つぁ、……ああ……っ」

槙の声がひときわ高く響く。

中に熱いものを感じたとき、槙もまた吐き出していた。石井は最後の瞬間にゴムの拘束を外してくれたのだろう。

かつてないほどの絶頂に槙は身体を痙攣させ、後はもう何もわからなくなった。

〔五〕

そのことがあってから石井は、槙をかまうことはなくなった。

仕事としてＶＩＰ病棟で顔を合わせても、石井は医師として事務的に接してくるだけだ。視線すら合わせないようにしているようだった。

──これでいい。

自分に言い聞かせながら、槙は胸の苦しさを感じることがないように硬く心を閉ざす。

冷え冷えとした氷の彫像でもあるかのように、槙は日々を過ごしていく。勤務中は微笑むことが出来るし、懸命に命を救うために働くこともできるが、ユニフォームを脱いで独りになると、あとはどうしていいのか、わからなくなっていた。

少しすると石井は学会のためにしばらく病院から離れたので、姿すら目にすることができなくなった。

あまりの喪失感に、どうにかなりそうだ。

──これで、よかったはず……。

必死で自分に言い聞かせる。

しかし、自分のしたことを考えていると、何が何だかわからなくなっていた。ただ石井への思いに揺れ、翻弄されていただけのような。

鷲田から呼び出されたのは、手術室での出来事があってから、一週間目のことだった。

もうこれっきりにしようと、槇は心に決めていた。自分の身体は自分だけのものだ。石井に抱かれたことで、鷲田に抱かれることなどもう我慢できない。今まで耐えていたのが不思議なほどだった。不快感に耐えきれない。

勤務終了後、槇はナースのユニフォームのまま、鷲田の部屋に行った。

ドアのすぐ前に立って、氷のように冷ややかな顔を鷲田に向ける。

「何か、……ご用でしょうか」

声は凜と響いた。

背をまっすぐに伸ばし、正面から強い視線で鷲田を見る。自分を傷つけてきたこの男に対する憎しみが、胸に宿っていた。

今までのように、従順でいるつもりなどない槇の様子が伝わったのか、鷲田は不審そうな顔をして、椅子を差し示した。

しかし、槇は拒絶を全身にまとって、立ちつくす。隙を見せたら、この狡猾《こうかつ》な男は槇を解放してはくれないだろう。

「そんなツンケンした態度を取るんじゃないよ。今日は、おまえを褒めてやるつもりで呼んだんだから」

「褒めて……？」

「石井がこの病院を去るそうだ。実家に戻って、石井総合病院の役員を兼ねるとか」

――石井が……。

それは、石井にとってはいいことなのだろうか。それとも、そうではないのか。

判断がつかなくなりながらも、槇は強い瞳で鷲田を見た。

「でしたら、私はちゃんとお言いつけを果たしたことになるのでしょうか」

口調だけは丁寧に、尋ねてみる。

鷲田は、迎合するような笑みを浮かべながら、うなずいた。

「ああ。おまえはよくやったよ。石井さえこの病院からいなくなれば、脳外科部長は俺のものだ」

――くだらない……。

槇は胸の中で吐き捨てた。

医者は命を救う立派な神であって欲しい。昔ほど狂信的ではなくても、槇にはその思いが強い。

――石井も……。

役員を兼ねて、石井総合病院に戻れば、現場から離れてしまうのだろうか。

槇は一瞬だけまつげを閉じ、それから鷲田に要求した。

「では、約束の品を」

「ん？」

「役目を果たすことができたら、私の昔のあの映像を渡していただけるという約束だったはずです」

「ああ、あれね。そんな約束してたかな。もう少し、私に付き合ったら渡してやろう。今度、一緒に食事にでも」

そんな鷲田の態度に、槇は眼差しを鋭くする。

未練が湧《わ》いたとでも言うのだろうか。しかし、金輪際鷲田に付き合うつもりなどなかった。

「約束を果たしてください」

一歩も引かないつもりで、槇は要求する。

考えてみれば、どうして自分が鷲田などに流されていたのかわからないほどだった。よっぽど心が弱り、つけこむ隙ばかりだったのだろう。

「だから、まだ返さない」

「——殺しますよ」

槇は氷のように冷ややかな目で鷲田を見ながら、物騒なセリフを口にした。

今なら、それができるような気がした。

今の状態は心が強くなったのではなく、自暴自棄に近いのかもしれない。石井を失った今、槇にとって大切なものは何もない。

誰よりも生に固執し、守ろうとしてきた自分が、誰かを殺そうと思う日が来るとは思わなかった。

鷲田の頬が強ばったが、槇に気圧されたのが悔しかったのだろう。

立ち上がって、馴れ馴れしく槇の身体を引き寄せようとしてくる。

「君にそんなことができるはずないだろ。君はよくやった。そのことは認めよう。だから、その褒美として私と……」

鷲田に触れられそうになった途端、槇はその頬に平手打ちを浴びせかけていた。

「つく」

鷲田は短い悲鳴をあげた。

向き直った鷲田の形相が変わっていた。よっぽど槇に叩かれたのが、悔しかったのだろう。

今度は防ぎようがないほど強い力と勢いで、槇の肩をつかんで、ドアに叩きつける。後頭部を襲うがつんとした痛みに、槇はドアに沿って崩れ落ちた。

しかし、すぐに立ち上がろうとした槇に、罵声《ばせい》が浴びせかけられる。

「売女《ばいた》め……！」

――ふざけるな……！

怒りに、全身が染まるようだった。

そのとき、鷲田の部屋の横びらきのドアが開いた。そこに立っていたのは、学会や他の用事で留守だったはずの石井だ。

石井はドアの前にあった槇の身体を背にかばうように進み出て、鷲田との間に立ちはだかった。

「槇さんが探していたものは、俺が回収しました」

「何？」

「何だと！」

槇と鷲田の声が重なった。槇には石井の言葉の意味が全く理解できない。

石井は冷徹な口調で、鷲田を糾弾《きゅうだん》した。

「この鷲田というろくでなしはＶＩＰ病棟や病院のあちこちに仕掛けた監視カメラを利用

して、槇さん以外にも数人、目をつけたナースや患者を脅していたようです。この部屋に隠してあった脅迫のための映像ファイルのデータは、若先生の立ち会いの元で捜索して、院長室にあります。あなたはもう終わりです、鷲田先生」

「んだと……っ！」

鷲田が激昂《げっこう》して、石井につかみかかろうとする。

それをよけた石井が、思いきりこぶしを鷲田の顎に叩きこんだ。鷲田が変な声をあげて、床に倒れこむ。

ドアがまた開き、今度はＶＩＰ病棟の責任者である若先生や、他の職員の姿が見えた。彼らに取り囲まれ、鷲田は部屋から連れ出され、連行されていく。

若先生が槇に小さく声をかけた。

「監督不行届ですまなかった。後で、詳しく話を聞かせてくれ」

「……はい」

この病院の後継者である若先生は、華やかな雰囲気を持つハンサムな医師だ。若先生は槇に優しく微笑みかけると、石井に小さくうなずいてから、部屋を出て行く。

石井と二人残されて、槇は途方に暮れた。

頭が真っ白で、何をどう話したらいいのかわからない。

「──何でわかった？」

槙が鷲田に脅されていることを、石井はどうして嗅ぎつけたのだろうか。石井は少し得意気な顔をして答えた。

「愛の力です」

「…っ」

「嘘。あなたと鷲田さんが付き合ってるのにどうしても納得がいかなくて、鷲田を飲みに誘ったんですよ。そうしたら、何か槙さんの弱味を握ってるようなことをポロッとこぼしたので、気になっていたんです。そのころ、別に鷲田さんに脅されたという患者さんが若先生の元に相談に来ていたそうで、それで一気に事が動いて──」

そんな事になっていたとは知らなかった。鷲田は調子に乗りすぎていたのだろう。

「──この病院から離れるんだってな」

しばらくの沈黙のあと、槙はつぶやく。石井は自分を助けてくれたのだろう。そのお礼も言いたいのに、離れる寂しさばかりが胸に募る。

「あれは嘘です」

石井が苦笑してつぶやき、槙は大きく目を見開いた。

「え？」

「ああいえば、鷲田がどう反応するかな、と思って、わざと吹きこんでみただけです。陽動作戦の一種というか。俺があなたと別れて、離れることはあり得ません。せっかくあなたの元に戻ってきたのに。俺はあなたとずっと同じ職場で働きたい、槇ナース。ともに、生命を守りたい」

その言葉が胸に染みて、槇は泣き出しそうになる。

——まだやり直せるのだろうか。

さんざん醜態をさらした。

見放されても当然だというのに、石井はそれでも槇のことを好きでいてくれるのだろうか。

「……俺で、……いいのか」

槇はかすれそうな声で尋ねる。

自分よりも石井にふさわしい人が、たぶんいっぱいいる。

それでも石井は、槇を選んでくれるというのだろうか。

「あなたがいいんです、槇さん」

その言葉に、槇の胸はいっぱいになる。

思わず目を閉じたのに、瞳の端から涙がこぼれ落ちた。

嗚咽をかみ殺した槇を、石井が両手で強く抱きしめた。骨がきしむほどこめられた力に、槇は石井の秘められた思いを感じ取る。石井の思いにずっと応えられずにきた。理不尽な断り方もした。なのに石井は、変わらずにひたむきに槇を好きでいてくれたのだ。その思いが、ぬくもりが伝わってくる。

「俺には、ずっとあなたしか見えてないんです。——再会したあなたは、幸せそうには見えなかった。茨の城からあなたを、解き放ってあげたいと、ずっと願って行動してきた。……それが叶ったのだとしたら、どうか俺を、あなたのパートナーとして認めてくれませんか」

甘い言葉に、ゾクリと背中が震えた。

石井の腕の中で、槇は張り詰めた緊張を解き放つ。不思議なぐらい安心できて、愛しさがこみあげてくる。

「うん」

声がのどにつまった。ずっと石井と生きていきたい。石井に抱きしめられながら、昨日のことのように鮮やかに、石井が屋上で槇に告白してくれた日のことを思い出す。

石井の体温や吐息が伝わる。この腕の中が自分の居場所だと感じた。涙が出そうなぐらい、全身が溶けてしまいそうなほど幸せで、涙が止まらなくなる。

今度こそ、幸せになれそうな気がした。

鷲田は告発され、屋敷国際病院から追放された。

鷲田が脅迫材料としていた映像は、重大な医療過誤やスキャンダルの元となるようなものではなく、当事者以外にはあまり問題とならないものがほとんどだった。見舞いに来た愛人とＶＩＰ病棟のベッドでいちゃついている映像など本妻やマスコミに見られては大変と、脅しに応じた患者もいたようだ。

屋敷国際病院の名誉と体面もあり、また関わった患者やナースたちからのこの件を秘密にしてもらいたいという願いもあって、有能な弁護士の元、関係者以外には情報は伏せられて、ことは進む。

鷲田から二度とつきまとわれずに済むのなら、槙はどんな形でもかまわなかった。

空席であった脳外科部長には石井が就き、槙はＶＩＰ病棟での勤務を続ける。若先生や、ナースの主任である及川《おいかわ》だけは事情を知っていて、いやな思いをした病院や病棟を変わるかどうか、心配そうに尋ねられたが、槙は継続しての勤務を希望した。

――ここなら、理想の看護ができそうな気がするから。

余裕のある人員を配置し、最高の医療を提供するＶＩＰ病棟には金銭的に恵まれた患者しか入ることはできず、全ての人に最高の医療を提供したい気持ちは残るが、槇の力の及ぶ範囲で、誠心誠意ここでの仕事を続けていきたかった。

——死のナース。

終末医療専門ナース。それは、槇にとっては名誉の称号だった。

いずれまた、他の形の医療を果たしたいと願う日が来るかもしれない。それまでは、ここで働きたかった。

そのことを伝えると、若先生も及川主任も了承してくれた。

そして、槇は頻繁に石井と顔を合わせる。

ＶＩＰ病棟と各科は連携していたから、脳外科とも関係が深い。石井の腕があれば、手術の成功率がぐっと上がるのが誇らしい。

今の槇は憑かれたように仕事をしているのではなく、しっかりと地に足をつけて看護をしている気がした。

充実した日々だった。

仕事も、恋も。

患者にも、同僚にも心から微笑むことが出来る。

槇の表情は柔らかく息づき、幸せそうな顔をしていると、同僚からも指摘されることが多くなった。


「だからっ！　絶対にやだ！」

槇は唇を尖らせて、抵抗する。

石井の部屋だった。

高級住宅地にある屋敷国際病院から、徒歩五分もかからない高層マンションの一室が、石井の部屋だった。

合い鍵をもらった槇は、しょっちゅうそこに出入りしている。大型テレビの前にあるソファでもめていたのは、鷲田に脅されていた映像についてだった。

鷲田に脅されるきっかけとなった出来事のことを、槇は洗いざらい話していた。

石井の死の誤報を聞いて寂しくてたまらなくて患者に抱かれたことや、その映像を鷲田に握られて、抵抗できなくなったこと。

しかし、石井には疑問が残るらしい。

「その映像を公開されるようになったら、恥ずかしい。それはわかるよ。ナースとしてふさわしくないことをしたということで、病院もクビになる可能性だってある。うちの場合は不問にしたみたいだけど。しかし、鷲田に犯されるのと、どっちがどうかと天秤《てんびん》にかけると、どっちもどっちというか、むしろ鷲田にされることのほうが……」

「だから、好きで鷲田にされてたわけじゃないよ、バカ！」

槇はソファの肘掛けにもたれ、足で石井の胸元を軽く押した。いつでも槇の優位は崩れない。石井はかしずきたいほど槇のことが好きなようだ。その足首をつかまれ、足の甲にちゅっと口づけられる。

「なんか隠してることが、あるような気がする」

勘のいい石井の追求に、槇の顔は引きつる。

「別に何もない」

「だったら、観ちゃおうかな、その映像」

石井のつぶやきに、槇はぎょっと上体を起こした。何より、石井に観られたくないのだ。

槇の映像は裁判のために弁護士の管理の元にあり、用が済んだらそのまま消して欲しいと伝えてあった。しかし、屋敷国際病院の上層部とも親しいという石井の手腕をもってしたら、それを入手することは不可能ではない気がした。

「だから……！」

下手に隠し立てすると、本当にやりかねない気がして、槇は頬に朱を走らせながら、仕方なく口にする。

「おまえには絶対観られたくないんだって！　だって、あれは俺が他の男に抱かれてる姿が全部映ってるし、……それに……」

「それに、何？」

聞き返す石井に、槇はチラリと視線を走らせ、それからいたたまれなくて目を伏せた。

「泣いてるの、俺。……おまえが死んだと思って、悲しくて、……つらくて、……泣いてるんだ。そんなみっともない顔をおまえだけには見られたくない」

どれだけ石井のことが好きで、悲しかったかを、あのとき自分は全て剥き出しにしているのだ。

向きあいたくない記憶の一つだ。自分でも封印したくてたまらないものを、石井に見せるわけにはいかない。

「えっ……」

石井が絶句した。

槇は石井の目が輝いたのには気づかないまま、映像を見る気を失わせようと必死に説明した。

「だから、本当にそれだけなんだって！　単に俺が恥ずかしいだけで、おまえは腹立つばかりだと思うんで、絶対に観るな！」

「確かに槇さんが他の男に抱かれてるのは腹が立つけどさ。俺が死んだと思って、泣いてる槇さんの顔ってのは、ものすごくそそるんだけど」

石井の返答に、槇はぎょっとして顔を上げた。

何か、多大な認識の隔たりがあるらしい。

「最悪！　おまえ、ちょっと変なんじゃないの？」

糾弾するつもりで言うと、石井は槇の身体を腕の中に抱き寄せた。

「変じゃないよ。何せ、槇さんが俺にラブラブの姿なんて、ろくに見せてもらったことないんだから」

「あるよ！」

「ない。……いつも怒られてばっかりで、俺のほうだけ槇さんに夢中な気がして」

石井の胸から、槇は顔を上げる。

そうなのだろうか。

自分は石井に、好きだと伝えるようなことをしてこなかったのだろうか。

――だったら。

ものすごく照れくさいけど、言ってみてもいい。槇の鼓動が、大きく乱れる。何せ、好きで好きでたまらない。石井が喜んでくれるのなら、どんなことでも言ってあげたいし、してあげたい。

しかし、気負えば気負うほど、表情は強ばって、のどが締めつけられた。

頭が真っ白で、何を言っていいのかわからなくなる。この種の愛情表現については、自分は驚くほど不器用なのだと認識せざるを得ない。

それでもせめて伝えておきたいことがあって、槇は石井の首に両手を巻きつけ、目を閉じて耳元で告げた。

「……好き」

その言葉に、自分で煽られる。

槇の言葉に、石井が柔らかな笑みを浮かべてくれる。

その唇に自分から唇を押しつけ、それからもう一度ささやいた。

「大好き、石井」

仕事しかしてこなかった槇からは、上手な甘い言葉は出てこなかった。

だけど、石井がこんなふうに笑ってくれるのなら、もっともっと学習していきたい。仕事で疲れて帰ってきた石井を、腕の中で癒してあげたい。石井と一緒にいるだけで、槇が幸せになれるように。

「俺も大好きです、槇さん」

腕を腰に回され、強く抱き寄せられて心と身体が熱く溶ける。

狂おしく唇を合わされ、冷感症だったのが嘘だと思えるほどに、槇の身体は乱されていく。

シャツをまくり上げられ、感じてたまらない胸の粒を、舌と唇でたっぷりついばまれる。

ちゅっ、ちゅっと吸い上げられるたびに、腰の奥から蕩けそうな快感が広がり、身体が小さく震えてきた。

その足の奥をたっぷりと濡らしてから、石井が突き立てた。

「っぁあ！」

こみあげてくる快感に、槇はあえぐ。

ゆっくり腰を使いながら、石井は槇の小さな乳首をねっとりと舐め、舌先で突起を転がした。さんざん焦らした後で吸われると、槇は自分から腰を使ってしまいそうになるほど、中が痺れるのを感じる。

たっぷりと左右の乳首を舐めねぶられてから、槇の身体はソファの上に仰向けに押し倒された。足を折り曲げられて、抱えこまれる。

突き立てられた性器の角度が変わったことが、槙を狂わせた。

「つぁ、……っは、……っぁ、あ……っ」

腰を動かされるたびに、恍惚に何もかもがわからなくなってくのがわかる。

突き上げがどんどん激しくなる。深くまで突き立てられ、円を描く動きさえ加わって、襞がこね回される快感に、頭が真っ白になった。

「……っは……っ」

石井が与える壮絶な快感に槙は身体をそりかえらせた。このような行為を重ねられるたびに、さらに槙の身体は感じやすく、淫らに変わっていく。

ひくひくと蠢く襞によって、中を激しく突き上げる石井の性器の形までわかるような気がした。たわむれに胸に伸びた指に乳首をこね回され、槙は絶頂へと追いやられて、息も切れ切れにあえぐ。

「おまえ……以外に抱かれて、……感じたことなどなかった…ん…だ…」

切れ切れに訴えると、石井は驚いたように動きを一瞬止めた。

「本当ですか？」

いきなり刺激が止んだことによって、槙の襞は熱く性器にからみつく。どれだけ淫らにひくついているのかが、実感できた。

「……本当。……痛くて、……つらいだけ……だったのに、……なんで……っ」

オペ室でのあのときは、鷲田にクスリを塗られていたのだということは、以前に話している。鷲田に強姦《ごうかん》まがいのことを強要されていたことも話した。

だけど、感じなかったと伝えたのは、今日が初めてだ。

「俺だと感じたのは、どうしてですか？」

理由など半ばわかっているだろうに、石井がわざと聞いてくる。そんな甘えたがりな恋人に、槇は息を乱しながら言った。

「…好き……だから。…好きじゃないと、感じ…ない…」

「可愛すぎますよ、槇さんは」

石井の動きが再開される。

とんでもない愉悦が、槇をさらいそうになる。それでも、石井と一緒に昇りつめたくて、槇は懸命にこらえた。突き上げられるたびに、絶頂へと達しているようだった。

「……っ、早く……出して……っ」

耐えかねてねだると、石井は愛しげに頬に口づけた。

「素敵なおねだりですね」

石井の突き上げが絶頂へといざなう動きに変わる。

最後にとどめを刺すように深くまで突き刺され、槙の身体が大きく痙攣した次の瞬間、体内でどうにもならない爆発が起きた。

「つぁ、……つぁ、あああ……っは……っ！」

槙はのけぞりながら、性器の先から断続的に精液をあふれさせる。

石井の性器も、槙の中に所有の証を注ぎこんだ。

乱れた息を整える槙を石井が引き寄せる。

大切そうに腕の中にすっぽりと抱きしめられ、槙は甘い吐息を漏らした。

——幸せだ、と。

心の底から思えた。

——この幸せを、生の喜びを患者さんに伝えられるナースになりたい。

ただがむしゃらに生にしがみつくだけではなく、生きている幸せも伝えたい。

その唇を、石井がふさいでいく。

■あとがき■

この度は、『氷のナース♥秘愛中』を手に取っていただいて、ありがとうございます。だいぶ間を空けて、第三弾です。濃ゆいシリーズなので、ちょうどいい間かも？　つか、いきなり今回のナースの話が浮かんで、担当さんにお願いしました。書きたかったのです、槇《まき》ナース。必死なところが可愛くて。

ミニスカナースシリーズと言っても、毎回主人公は違っていますので、「何故かいきなり男のナースがミニスカナース服に身を包んで、勤務に励んでいるＶＩＰ病棟の話」だと思っていただければ、この本から読み始めていただいても全く問題ないと思います。毎回、完全読み切りです。ミニスカ病棟という舞台設定だけが一緒なのです。

今回は、「氷のナース」「死のナース」と言われる、黒髪和風のクールな大人ナースが主人公です。担当さんとわくわくしながら待っていたら、桜川園子《さくらがわそのこ》さまがすごくイメージそのものの素敵なキャララフを下さって、大喜びしました。鷲尾《わしお》が意外に格好良くてびっくりでした。素敵なイラスト、本当にありがとうございます。

そして、次回は十月刊の病棟主任の及川《おいかわ》ナースの話で終わりです。できましたら、最後までおつきあいいただけると嬉しいかぎりです。ありがとうございました。

・初出　氷のナース♥秘愛中／書き下ろし

この作品を読んでのご意見・ご感想をお待ちしております。
〒112-0004　東京都文京区後楽1-4-14
プランタン出版　LAPIS more編集部
「バーバラ片桐先生」「桜川園子先生」係
または「氷のナース♥秘愛中 感想」係

LAPIS more

氷《こおり》のナース♥秘愛中《ひあいちゅう》

著者　バーバラ片桐（ばーばら　かたぎり）
挿画　桜川園子（さくらがわ　そのこ）
発行　プランタン出版
発売　フランス書院
東京都文京区後楽1-4-14　〒112-0004
プランタン出版HP http://www.printemps.co.jp
電話（代表）03-3818-2681（編集）03-3818-3118
振替　00180-1-66771
印刷　誠宏印刷
製本　小泉製本

本書の無断複写・複製・転載を禁じます。
落丁・乱丁本は当社にてお取り替えいたします。
定価発売日はカバーに表示してあります。

ISBN978-4-8296-5486-6 C0193
©BARBARA KATAGIRI,SONOKO SAKURAGAWA　Printed in Japan.